Muriel

REMINISCENCIAS II

Muriel

Agustina Lawson

Lawson, Agustina

  Muriel / Agustina Lawson. - 2a ed. - Ciudad Autónoma de Buenos Aires : Amapola, 2019.
  290 p. ; 22 x 15 cm.

  ISBN 978-987-47465-3-5

  1. Narrativa Argentina Contemporánea. I. Título.
  CDD A863

Ilustraciones de tapa: gentileza de la artista Martha Chica Salas
© Martha Chica Salas
Ilustraciones de interiores: gentileza de la artista Inés Fuseo
©Inés Fuseo

Esta edición fue confeccionada por:
VERSAL HACEMOS LIBROS
versalhacemoslibros@gmail.com

Amapola Editorial

Coordinación: Santos Tiscornia

ISBN: 978-987-47465-3-5

Primera edición: diciembre de 2019

Agradecimientos

Mi especial gratitud a la estrella de seis puntas que me acompañó señalándome el norte, siempre: Lucio, Kori, Marian, Mariavi, Gloria y Matías.

A los tres hombres que oficiaron de invaluables guías en las exploraciones que nutrieron este libro: Dr. Carlos Menegazzo, Eugenio Carutti y Dr. Francisco Villanueva.

A Martha Chica Salas por la maravillosa imagen que ilustró la tapa y a Inés Fuseo, que generosamente creó las ilustraciones interiores.

A Patricia Agote, su vida y su partida están profundamente ligadas a las desdichas de la joven Muriel. Escribí este libro intentando honrarla.

A Muriel Walters y Melanie Brown, mis compañeras en los años ochenta en Nueva York. Una me regaló el nombre del personaje de este libro, la otra me regaló la ciudad donde transcurrió su infancia, Boston.

A Alejandra Dixon, que generosamente me prestó un trozo sagrado de su historia sin dudarlo un segundo.

A mi hermano Alejandro Lawson, vago reflejo del lado oscuro de mi corazón.

A los Espíritus que habitan las tierras de Tilcara, y a su gente. Por su sabiduría y su permiso.

A mi hija Valentina, y a los dos hijos que nunca nacieron removiendo la tierra para que naciera este libro.

*Para Johnny y Sylvia, que con amor y confianza
me arrojaron a este mundo.
Y para papá, Enrique. Mi primer gran amor.*

PRIMERA PARTE

Tita

1

Muriel tiene sólo siete años.

El cortejo fúnebre avanza parsimoniosamente a través del parque nevado. Todos visten de riguroso negro, incluso ella, pero su pelo rojo y salvaje contrasta con la escena como una pincelada fuera de lugar o una mancha de sangre vertida sobre un vestido blanco.

Juega nerviosamente con uno de sus bucles enredándolo una y otra vez en su dedo índice mientras se aferra con determinación a la mano de su *nanny*, Tita. Las dos caminan en silencio siguiendo el ataúd de su padre.

De pronto una idea acude a su mente brindándole cierto bienestar. Reflexiona: la única persona en la familia que tiene el mismo color de pelo que ella es su padre, eso la conecta de una manera especial a él. Su padre, desfigurado dentro de su ataúd, distante y ausente. Helado. Mudo. No puede creer lo que está pasando, ni qué es lo que realmente signifique. ¿Es verdad que nunca volverá a verlo? ¿A dónde se fue? ¿Qué hay dentro del cajón que todos siguen como en las películas? ¿Estará él ahí dentro, como le dijeron? Y si es así... ¿Será incómodo? ¿Y si se despierta y no puede respirar? ¿No debería tener agujeritos, por las dudas?

Preguntas sin respuestas. Ansiedad brutal. Dudas.

Debido a que la muerte de Richard fue en un accidente de tránsito y su cuerpo quedó desfigurado el velorio fue a cajón cerrado, y no la han dejado verlo. Al comienzo esbozó diversas teorías respecto a su ausencia. Que estaba perdido. Que habría salido despedido del automóvil y había caído en un hoyo en la tierra del cual no lograba escapar. Cuando encontrara la salida volvería a casa, estaba segura. Intentaba comunicarse con alguien desde allí pero nadie lo escuchaba, excepto ella. Porque ella sí podía escucharlo, la noche de su muerte comenzó a escucharlo. Lo oía nombrándola una y otra vez: *"Mumi Darling"* le susurraba. Y luego agregaba: "Lo siento hija. Lo siento tanto".

Su voz era clara y contundente, como un potente haz de luz iluminando la oscuridad.

2

Al comienzo pensó que debía avisarle a alguien lo que estaba pasando, pero pronto desistió de la idea. Estaban todos demasiado compenetrados con la versión de que su padre había muerto, hasta Tita.

No quería atraer más atención sobre ella.

Además, ¿quién iba a creerle? Ya bastante fastidio le había generado la farsa que había montado su madre para comunicarle su muerte y no soportaba la idea de una sola situación más en la que alguien creyera interpretar lo que estaba sintiendo. Nadie podía entenderla. Nadie. Ni siquiera Tita.

Al despertar la mañana del entierro ya no lo pudo escuchar más. Aunque se esmeró tapándose los oídos y aislándose en lugares cerrados adonde no hubiera interferencias, no pudo. Su voz se había desvanecido como un arroyo seco en pleno invierno.

El silencio dejó lugar a un dolor sordo en su pecho.

3

El Mount Auburn Cemetery es el cementerio más exclusivo de Boston.

Fundado en mil ochocientos treinta y uno es el primer cementerio parque de Norte América, y está situado dentro de un hermoso predio de más de setenta kilómetros de extensión. Conviven en él árboles muy añejos con lápidas que datan del siglo diecinueve y diversos monumentos históricos. Hay lagos, fuentes, puentes, una torre desde donde se divisa una inmejorable vista de Boston, y una capilla de piedra antigua adonde los familiares de los difuntos concurren a ahogar penas y negociar remordimientos.

Parece sacado de otra época. La nieve le otorga un aspecto bucólico y el atardecer despunta sobre él sombras que impredecibles juegan entre las lápidas.

Luego de una eternidad el cortejo arriba a la tumba de la familia.

Lo más exclusivo de la alta sociedad de Boston se ha reunido aquí para despedir los restos de Richard Henry Meyer tejiendo conjeturas en torno a su muerte. El clima emocional es denso, oscuro, cargado de dolor y de culpas.

Mientras su madre y sus hermanos se acomodan alrededor del féretro, ubicada unos metros por detrás de ellos Muriel se agarra a la mano de su *nanny* Tita. Tiembla de frío y de miedo. Un miedo desconocido.

Este frío gélido e inhumano ingresó en su cuerpo en el momento en que recibió la noticia del accidente, y desde entonces no la ha abandonado. No logra identificar con claridad de dónde proviene, si del exterior o del interior de sí misma. Si es frío o miedo.

Lo que sí distingue con certeza es que es la sensación más perturbadora que jamás haya sentido en su corta existencia.

Se aferra con determinación a la mano de Tita mientras enfoca su mirada en el hoyo en la tierra.

4

A medida que el ataúd se desliza hacia la nada, la niña comienza a sentir que le falta el aire. Un nudo alojado en su garganta de la consistencia de una roca comienza a crecerle dentro de la tráquea. Se ahoga. Se atraganta.

El dolor desplaza al miedo.

Si se rinde ante este dolor, se perderá por siempre dentro de él, supone. Las puertas a su alrededor se cerrarán con mil cerrojos y los caminos hacia el futuro se verán truncados. La nieve, incesante, lo cubrirá todo acabando con ellos y con el mundo.

Entonces toma una decisión: Sobrevivir. Como sea. Anulando la percepción de sus sentimientos y anestesiando el cuerpo. Endureciéndolo. No respirar, olvidarse de su padre y de cada uno de los recuerdos ligados a él. Esa es la consigna.

Toma una última bocanada de aire fresco y lo logra. En ese instante destrona a su padre eliminando hasta el último resquicio de debilidad que pudiera producirle su ausencia.

Disociada, comienza a observar la escena desde afuera:

El cajón escapando del infierno, el ruido metálico de las cadenas oficiando de guías hacia el otro mundo. La mirada fría y distante de su madre (aunque esté de espaldas a ella puede verla) el gesto culposo de su tío escondido tras la solapa de su sobretodo como un cobarde.

Y las dudas, circulando entre la gente como una horda enardecida, buscando un culpable.

Lo registra todo con una claridad asombrosa y al hacerlo expulsa con éxito el nudo de su garganta y el frío de su cuerpo.

Tita, que intuye lo que le está pasando se inclina ante su niña intentando rescatarla. Le da besos en la frente, la acaricia.

Pero Muriel ya no está aquí.

Le llevará años volver.

Imposible evitar lo inevitable.

5

—¿Qué le anda pasando m'hijita? ¿Nuevamente despierta a estas horas?

Amalia es la empleada peruana que contrataron como *nanny* un mes antes de que Muriel naciera.

Afligida, saca los ojos de su novela.

Muriel llorisquea aferrada al marco de la puerta con un peluche colgando de una mano y los ojos hinchados por el llanto.

—¿Ha tenido otra de esas pesadillas mi reina? Venga —dice Tita, abriendo la interminable capa de acolchados que la cubre invitándola a cobijarse a su lado. Muriel corre hacia ella.

—Ay mi amorcito... venga. Venga con Tita que acá va a estar calentita. —Se aferran la una a la otra. La pequeña espalda se amolda a la perfección al generoso pecho.

—¿Tuvo otra de esas pesadilla? Cuénteme mi querida.

—No me acuerdo Tita, de lo que sí me acuerdo es que fue horrible. Estaba en un lugar oscuro, y tenía miedo. La llamaba, pero usted no venía. Se había ido. Usted nunca se va a ir... ¿no Tita? Prométame que nunca se va a ir. — Muriel suplica en español, con tonada peruana.

—No mi querida, quédese tranquila que Tita aquí está, y no se va a ir a ningún lado. Se lo prometo. Tranquilícese Mumi, descanse. Veo que ha traído a nuestro amiguito Pepu... Okey, venga usted también Pepu. —Acaricia el peluche acomodándolo contra ella—. Duérmanse los dos que mañana los llevo tempranito a su cama, así su madre no se me enfada. Ya sabe que no le gusta que duerman conmigo.

—Me importa un bledo lo que piense esa bruja.

—No hable así de su madre Mumi. Ya sabe que no me gusta.— La agarra suavemente del mentón invitándola a girase para poder mirarla a los ojos—. No es correcto. A los padres se les debe respeto. Ya se lo he dicho mil veces. ¿Cómo tengo que decírselo?

—Puede decirme lo que quiera Tita. Pero esa vieja bruja no es mi madre. —La mira unos instantes y luego se da vuelta hundiendo el rostro en el colchón—. La odio. La odio. La odio. Y la odiaré siempre. ¿Por qué no se murió ella? No es justo que Daddy se haya muerto, y no ella. La odio. Los odio a todos.

Amalia la abraza mientras Muriel ahoga el llanto contra su pecho. Han pasado casi dos años desde la muerte de su padre y el único refugio que le ha quedado en la vida es Tita. A pesar de que se muestra fría e indiferente ante el mundo, por las noches es con ella con quien comparte sus angustias.

—Prométame que nunca se irá Tita. O si se va, que me lleva con usted. Prométamelo.

Amalia duda una fracción de segundo pero luego responde, decidida:

—Se lo prometo mi querida, por supuesto. Claro que se lo prometo. Ahora duerma tranquila.

La niña cierra los ojos y se acurruca contra su vientre conciliando el sueño de inmediato. El cuerpo tibio de su niñera le brinda la seguridad para entregarse al sueño como en ningún otro lado.

Luego de constatar que Muriel duerme Amalia pasa un brazo por encima de su cuerpo apagando el velador junto a ella y dándole un beso en la mejilla.

La abraza.

Sus inmensos ojos negros centellean en la oscuridad como un perro guardián, observando el millón de pensamientos que desfilan ante ella sin descanso.

6

Amalia Concepción Costas es la hija menor de Don Julio Javier Costas y Doña Milagros Ventura.

Nació un mediodía de invierno en Cusco, la imponente Ciudad Imperial. Como fue ochomesina y tuvo enormes dificultades para respirar, al nacer todos creyeron que no sobreviviría. Pero la tenacidad de su madre, sumada al incondicional amor de su padre la ayudaron a anclarse en este mundo.

Sus padres se conocieron cuando comenzaba el siglo veinte en lo que actualmente se denomina el Barrio de San Blas, antes conocido como el Barrio de los Artesanos.

Cuna de los artistas más reconocidos del Perú, sus bellas casas coloniales de piedra alojaron durante décadas a generaciones de imagineros, ceramistas y talladores en plata y madera, quienes esculpieron gran parte de las imágenes de los santos, las vírgenes y los ángeles que pueblan las iglesias del Departamento de Cusco.

Oriunda del Valle del Colca, Milagros viajó a los diecinueve años a Cusco para vender allí sus fantásticos trabajos como bordadora y nunca más volvió a su ciudad natal. Su inigualable don para plasmar motivos incaicos sobre telares de alpaca le valieron cierta fama, la cual trascendió las fronteras del Departamento de Arequipa trayéndola a Cusco, adonde decidió radicarse definitivamente.

Una tarde de invierno, a sólo dos metros del altar mayor de la Iglesia de San Blas el destino cruzó su mirada con la de Julio.

Ni bien posó sus ojos sobre él supo de inmediato que sería su esposo y el padre de sus hijos.

El flechazo fue mutuo.

Un imperioso e inexplicable impulso por conocer el famoso púlpito tallado en una sola pieza la llevó a visitar la Iglesia aquella tarde. Fue sola, porque su madre se descompuso a último momento y le sugirió que fuera de todos modos, sin ella.

El joven Julio descansaba tras la nave principal luego de una ardua jornada de trabajo restaurando el retablo de la sacristia. Un fuerte chaparrón lo había retenido dentro de la iglesia y por eso había postergado su partida. Se dirigía hacia la salida, irritado y hambriento, cuando divisó a Milagros sentada sobre uno de los bancos de la primera fila. Gloriosamente empapada, radiante dentro de su vestido de encaje verde.

Embelesado, se sentó sobre un banco tres filas detrás de ella para espiarla de reojo. Era sin dudas el ser más bello que jamás hubiera visto. Más bella que todos los ángeles y las vírgenes talladas de las iglesias de Cuzco.

La lluvia se volvió una bendición. Le rogó a Dios porque siguiera lloviendo para darse el tiempo que necesitaba para juntar valor, y encontrar la excusa para acercarse.

Julio pertenecía a una larga estirpe de talladores y se inició en el oficio antes de aprender a caminar. Con veintidós años ya era considerado uno de los mejores talladores de Cusco. La iglesia de San Blas databa del mil quinientos cincuenta y era el orgullo de la región, sólo los mejores eran convocados para su restauración.

Luego de evaluar en su cabeza un millón de opciones sobre cómo entablar una conversación fue la cálida sonrisa de Milagros la que le dio el valor para acercarse. Lo hizo con una banal referencia al clima.

Así iniciaron un diálogo que duraría toda sus vidas y les daría cuatro hijos.

Tres mujeres y un varón.

Amalia sería la última.

7

Veinticuatro años después (en la misma iglesia) Amalia conoció a Ricardo Buenaventura y como su madre se enamoró perdidamente de él, a primera vista.

Su hermana mayor le había pedido que le alcanzara el almuerzo a su padre que una vez más trabajaba en la restauración de la iglesia. Ella era la encargada de alcanzarle la vianda, pero estaba tan atareada terminando un telar para una clienta que no alcanzaba a llevársela.

Ricardo tenía dieciséis años. Ella catorce.

Él estaba allí con su padre, un renombrado orfebre que deseaba iniciarlo en el oficio y le había pedido que lo acompañara a la iglesia para que el cura párroco lo conociera. El muchacho era trabajador y responsable, y siendo el único hijo varón de la familia era el encargado de continuar con la tradición familiar.

El flechazo fue radical. Instantáneo.

Luego de noviar durante más de seis años, se casaron.

Sumando las habilidades de las dos familias forjaron una pequeña pero próspera empresa familiar. Ricardo se asoció a Don Julio, y Amalia se dedicó a criar a sus dos hijos, Esteban y Julito.

Al morir Don Julio, Ricardo heredó el negocio de la familia y Milagros se fue a vivir con ellos, cumpliendo a la perfección el rol de suegra discreta colaborando con la crianza de los nietos.

Con el tiempo la casa de los Buenaventura se transformó en un centro de encuentros para familiares y amigos. Especialmente para Carmen, la hermana soltera de Amalia quien luego de unos años también se fue a vivir con ellos. Además de ser su hermana mayor, era su mejor amiga.

Así transcurrieron sus vidas, sin sobresaltos.

Hasta aquel fatídico veintiuno de mayo de mil novecientos cincuenta en que la furia de la tierra se desató brutalmente sobre ellos arrebatándoles todo. Sin piedad ni contemplaciones. En minutos.

8

El suceso fue un domingo.

Ricardo y sus hijos habían ido al estadio para presenciar un partido de fútbol mientras las mujeres se quedaban en casa disfrutando de una tarde soleada sin obligaciones.

Carmen y Amalia charlaban en el patio, Doña Milagros dormía la siesta en la habitación del fondo.

Pasado el mediodía la tierra comenzó a temblar. Las paredes de la casa vibraron con fuerza mientras el piso bajo sus pies se sacudía. Todo lo que las rodeaba y hasta entonces les había proporcionado una incuestionable sensación de seguridad comenzó a contonearse, como en un sueño.

Al comienzo les costó asimilar lo que estaba sucediendo, pero luego de unos segundos lo comprendieron: era un terremoto. Estaban en el mismísimo centro de un condenado terremoto.

Carmen miró a los ojos a Amalia y acercándose a los tumbos la tomó de las manos para empujarla hacia el centro del patio.

—Ven conmigo Tita, debemos mantenernos lejos de las construcciones. Quédate aquí quietita y sé fuerte hermanita, ya pasará el temblor.— Le dijo, intentando transmitir convicción.

—Pero La Mami Carmen, ha quedado adentro... ¡debemos ir por ella! La casa no resistirá semejantes sacudidas... —Respondió Amalia desesperada.

Terminaba de pronunciar estas palabras cuando un latigazo

proveniente del centro de la tierra derrumbó la casa de adobe como si sus paredes fueran de cartón y su techo de paja.

Lo que les había llevado una vida construir, arrasado. En segundos. Sin esfuerzo ni resistencia. Como si nada de lo que las rodeaba hubiera sido jamás real.

Aferrándose la una a la otra cayeron de rodillas protegiendo sus cabezas y cubriendo sus rostros para eludir el polvo que se empeñaba en alojarse en sus pulmones.

Contuvieron el aliento con los ojos cerrados, y cuando el polvillo se disipó comenzaron a toser.

Al abrir los ojos comprendieron la magnitud de los destrozos.

Amalia gritó, desconsolada: —Mamita... ¡Mamacita! Dios mío, esto no puede estar sucediendo, dime que es una pesadilla Carmen. Sí. Es un sueño. Prontito va a pasar, voy a despertar. Tengo que despertar —se dijo cerrando los ojos con fuerza—. Esto no puede estar pasando.—Luego los abrió y aferrándose a su hermana la jaló del vestido—. Mis hijos Carmen... Mis hijos y Ricardo...Dios mío. Dime que los has protegido Diosito. Que están a salvo y que este infierno no ha llegado hasta el estadio... Por favor, por favor, por favor, dime que nada de esto ha llegado al estadio...

Se enfocó en repetir esta súplica una y otra vez, como si fuera un mantra. Con los puños cerrados y las mandíbulas apretadas.

Pero el terremoto sí llegó al estadio. El terremoto arremetió contra la Ciudad Imperial en su totalidad, destrozándolo todo.

Ricardo y sus hijos murieron en el acto. Su madre también. Sólo sobrevivieron las hermanas Costas: Carmen, Irma y Amalia.

Su hermano Julio murió presenciando el partido de fútbol junto a su pequeño hijo Leopoldo, mientras su esposa y su hija Carmela (que aquella tarde visitaba a su familia política) sobrevivieron intactas.

Todos los hombres de la familia muertos. El mismo día.

9

Un año después Amalia abandonó el país.

Al comienzo no podía contemplar los paisajes de su infancia devastados e irreconocibles. Le resultaba sencillamente insoportable. Los rostros de los sobrevivientes se volvían un espejo ante al cual no toleraba verse reflejada. El desconsuelo, el dolor, la furia.

Luego no pudo tolerar el olvido. Que otros pudieran proyectarse hacia el futuro reconstruyendo sus vidas sobre los escombros y las cenizas de sus muertos.

Ella no. Ella no tenía futuro. Ella no quería tenerlo. Ella sólo quería distanciarse de la mujer que alguna vez fue y de la que podría haber sido si su vida no se hubiera visto tan injustamente interrumpida. De manera tan cruel como inesperada.

Alejarse. Escapar. Eso era lo único que ella quería. Eliminar cualquier rastro de recuerdo que pudiera vincularla a ellos. Evocar a su esposo y a sus hijos le resultaba intolerable, y la sola idea de nombrarlos la hacía vomitar y retorcerse de dolor.

Así que una tarde de junio juntó valor y partió. Se dirigió hacia el último andén de la estación de trenes de Cusco y besando a sus hermanas en la frente se montó a un tren sin mirar hacia atrás.

Hasta que no le diera náuseas recordarlos, no volvería.

Tal vez nunca.

10

Se instaló en México.

Ni bien arribó al Distrito Federal consiguió un trabajo como costurera. Su madre la había iniciado desde pequeña en el arte del telar, pero lo que a ella siempre le había gustado era coser. Por meses se ganó la vida trabajando en un taller de corte y confección de indumentaria masculina.

Así, casi en trance ante la máquina de coser, pasaba sus días. cociendo.

El traquetear monocorde de la aguja perforando la tela la incitaba a imaginar los cuerpos desnudos de los hombres que usarían sus pantalones y sus camisas. Enfocarse en ellos fue el recurso que encontró para escapar de la única imagen que se le imponía en la cabeza una y otra vez, atormentándola, la del único cuerpo que jamás volvería a ser suyo: el de Ricardo.

Su marido se le presentaba en la mente obsesiva y recurrentemente, de todas las formas posibles. En movimiento y estático. Haciéndole el amor y pudriéndose bajo tierra. Caminando, sonriéndole, leyendo el diario. Tomando el desayuno en la cocina. (Recordaba los detalles de aquella última mañana de mayo como si aún estuviera allí).

Un día reparó en el hecho de que en ninguna de aquellas imágenes aparecían sus hijos. Por algún motivo que no terminaba de comprender no lograba evocarlos a ellos. Por más empeño que pusiera (llegando a veces hasta el borde de la locura) los detalles de sus cuerpitos y sus rostros parecían haber sido engullidos por un oscuro agujero negro.

Allí permanecían, ofendidos, desfigurados. Mudos.

Poseída por el instinto de supervivencia se había propuesto tan fervientemente eliminarlos de su memoria, que ahora no lograba evocarlos. Y esto terminó siendo más doloroso aún que sus muertes.

"Primero me los mató el terremoto, y luego terminé borrándolos yo de la faz de esta tierra. Pobrecitos mis pichones, ni su propia madre puede recordarlos. Ni siquiera adentro mío lograron sobrevivir..." se decía, atormentada por la culpa.

En cambio se le imponía en la cabeza una y otra vez la imagen del cuerpo de su marido y un arrollador deseo sexual hacia él. "Soy un monstruo", se auto recriminaba mientras se masturbaba evocándolo.

Resolvió su tormento cambiando de trabajo. Abandonó la confección de la ropa masculina para dedicarse a cuidar ancianos. Higienizar y alimentar cuerpos decrépitos la ayudó a contener sus impulsos sexuales y dejar a un lado los recuerdos de Ricardo. Sumergirse en un mundo adonde la vitalidad se había extinguido le permitió olvidar su propia vitalidad, y fingir que ella también había envejecido.

Tapó los espejos y se aferró a los mil y un rituales de la vida cotidiana. Esto le permitió hacer que las horas se deslizaran como si el tiempo ya no existiera dentro de su pequeño mundo.

El andarivel de las rutinas la fue sumergiendo suavemente hacia la nada.

Los fines de semana se encerraba en su cuarto a leer y a coser en silencio, vinculándose con su entorno sélo lo estrictamente necesario. Si no era para trabajar, no salía.

Sólo se permitía pasear en días grises y gastados.

11

Unos meses después de cumplir treinta y siete años Amalia recibió la visita de una vecina que cambiaría su vida.

Había llegado a sus oídos que el viejito que Amalia cuidaba había muerto, y se había quedado circunstancialmente sin trabajo. Quería hacerle una propuesta. Una prima suya que estaba por viajar a Estados Unidos para cuidar a un bebé había tenido que cancelar su viaje porque su madre había enfermado de un momento a otro, y no podía dejarla solita. Era hija única. Así que venía a ofrecerle la oportunidad a ella. El trabajo era en una ciudad muy bella, Boston, y el bebé nacería en marzo. Tal vez la propuesta pudiera interesarle.

—Usted es tan buenita y linda Amalia. No puede pasarse la vida cuidando viejitos. Cuide de un niño para variar, y verá que eso le traerá luz a su vida. Los viejitos le están chupando la sangre. Es lejos Boston, es verdad, pero dicen que es una ciudad hermosa. Y los patrones son gente de plata que pagan bien. Mire, si no estuviera casada tomaría yo el puesto, pero no quiero dejarlo sueltito al Juanchito, ¿vio? Si me alejo en un santiamén me lo roban, y no puedo andar corriendo esos riesgos ¿no? ¿Dónde voy a conseguir otro igual? No, de ninguna manera, tuve que negarme. Pero me enteré que usted andaba sin trabajo y como no tiene ataduras, tal vez le interesaba...

Educadamente Amalia agradeció la propuesta y luego la rechazó, de cuajo. Su vecina intentó convencerla pero ella se mantuvo firme. Una y otra vez su respuesta fue no.

Nadie en México conocía su historia (ella jamás había querido contarla) por eso su vecina no la entendía. ¿Cómo explicarle que la sola idea de cuidar a otro niño que no fuera uno de sus hijos la enfermaba? Justamente por eso prefería dedicarle su tiempo a sus ancianos. Estos tenían una pata en la tumba, y no vivirían lo suficiente como para encariñarse. Ellos le recordaban lo efímera que era la vida, y que Dios también se la llevaría algún día. Esa certeza era su único consuelo.

Sólo alguien que hubiera vivido lo mismo podría entenderla.

Pero un día sucedió lo inesperado, y una vez más el destino la obligó a cambiar de rumbo. Carmela, la hija de su hermano Leopoldo había enfermado gravemente y sus hermanas le escribieron pidiendo ayuda. No disponían del dinero necesario para el tratamiento. Su padre había muerto, y ellas eran las encargadas de velar por el bienestar de la niña. Era la única sobreviviente de su generación, y no podían permitir que también muriera. Estaban desesperadas.

A esto se le sumó la curiosa circunstancia de que no apareciera una sola propuesta firme para cuidar un anciano. En general las familias se la disputaban, no había terminado de morir uno que ya tenía otro en vista. Pero ahora no aparecía ni una propuesta, así que tuvo que aceptar a regañadientes el trabajo en Boston. El puesto seguía vacante porque la familia no daba con alguien de confianza a quien contratar.

—¿Vio Amalia? Es el destino quien acomoda las cosas. Dios quiere que sea usted quien cuide a esa criatura. La felicito por su decisión, no va a arrepentirse. Se lo aseguro. Después me mantiene al tanto de cómo va todo por allí ¿vale?

De esta manera Amalia fue empujada a los brazos del próximo gran amor de su vida: Muriel.

12

Ni bien nació la niña fue depositada en brazos de su niñera.

Su madre era una mujer extraordinariamente narcisista y rechazaba la competencia que cualquier mujer pudiera implicar en su vida, incluso su hija. Además ya había parido tres varones. Buscó el cuarto embarazo sólo para complacer a su esposo, Richard, pero en el instante en que la pequeña nació se desentendió de ella.

Al comienzo Amalia no entendía qué diablos le sucedía a su patrona. Supuso que estaría padeciendo algún tipo de depresión post parto, y por eso no alzaba ni alimentaba a la criatura. Pero luego de un par de semanas comprendió lo que estaba pasando y pensó, afligida: "A mí el terremoto me arrebató la familia y fue terrible. Pero los tuve, y nos amamos. Esta pobre gente sin terremoto no tiene nada...".

Entonces dejó a un lado su tragedia personal y se dedicó a cuidar a la niña velando por su integridad emocional y física. Algunos estaban peor que ella —se dijo— sin lugar a dudas.

Bañar y asistir a la pequeña Muriel mantuvo su mente ocupada. El contacto con su pequeño cuerpito la ayudó a recuperar el recuerdo de los cuerpos de sus hijos. Eso le permitió reencontrarse con los fragmentos del alma que habían quedado sepultados tras el terremoto.

La amó profundamente por esto.

<hr>

13

El primer gran amor en la vida de Muriel fue su padre.

Richard era un hombre tierno y generoso, pero frágil. Admirador incondicional del insondable universo femenino recibió con alegría la noticia de que su cuarta hija fuera una niña. Si bien se encariñó inmediatamente con ella, la incapacidad de su esposa para hacerse cargo de ella lo empujó a entregarla en manos de la empleada dedicándole atenciones sólo esporádicas. El temor a desatar la furia de Geraldine lo hacía estar pendiente de ella, y sólo de ella. Cualquier gesto ajeno a sus necesidades podía ser interpretado como un desaire, y Muriel (con las necesidades propias de una recién nacida) era un obstáculo en aquel delicado equilibrio marital.

La joven creció a la sombra de su madre, recibiendo a escondidas las migajas del amor que su padre pudiera darle, y sostenida por el amor incondicional de su niñera.

Amalia la crió fomentando el vínculo padre-hija. Cuando él se acercaba ella se retiraba discretamente para facilitarles la intimidad. Richard era un padre cariñoso y tierno, que amaba contarle cuentos y jugar con ella sobre la inmensa alfombra rosa de su habitación. Todo en la casa era lujoso e inmenso.

Estando un sábado de franco Amalia se encontró sonriendo embobada al pensar a su patrón. En ese momento descubrió que estaba enamorada de él. "¿Qué diablos estoy haciendo?" se dijo, asustada. Richard era un amor imposible, condenado al fracaso. Sólo pensar en él la hacía sonrojarse y bajar la mirada.

Este amor oculto no hizo más que reforzar el cariño que sentía por la niña. Muriel, su pequeña muñequita con piel de porcelana y cabellos color lava. El fruto inconfesable de una pasión prohibida.

Fantaseaba con la idea de que Muriel era su hija y él el padre. Era una certeza extraña y fija, bizarra. Una imagen que la narcotizaba y perturbaba, pero aún así no lograba evitar.

Lejos de César, estos sentimientos se fueron afianzando con el tiempo. Amalia se propuso mantenerlos en reserva jurándose llevar su secreto a la tumba. Confesarlo hubiera sido profanar el más sagrado de los sentimientos, el amor filial. Así que así lo hizo, jamás se lo confesó a nadie. Ni siquiera a Muriel.

Los momentos robados junto a su patrón la rescataron de una vida gris y monótona. Un espacio sagrado, repleto de silencios y sonrisas. Un triángulo amoroso y mágico adonde refugió a su niña.

Hasta el día en que el accidente las arrojaría brutalmente hacia la nada, una vez más.

14

Luego de la muerte de Richard, Geraldine abrió el juego. Ya venía ignorando a su hija, pero ahora podría hacerlo sin reservas. Su esposo ya no estaba para cuestionar su proceder, y tenía vía libre para dejar su crianza en manos de la empleada.

Ya se ocuparía de ella cuando fuera más grande y pudieran dialogar como adultas. Mientras tanto no tenía más paciencia para criar niños. Sólo intervenía cuando la escuchaba hablar en español, para recordarle que no debía olvidar quién era y que debía hablar en inglés, como todos.

Ensimismados en sus diversas actividades deportivas, para sus hermanos Muriel era un bicho raro. No la comprendían, ni tenían la paciencia para descifrar su sensibilidad. Por eso la excluían sistemáticamente de sus juegos. Salvo por una tía abuela que mostraba cierto interés en ella (cuando venía de visita le traía chocolates y charlaba con ella en el jardín) el resto de la familia parecía no notar su presencia.

Esto le permitió mantenerse al margen de la presión que significaba pertenecer a una comunidad demasiado rígida y conservadora, manteniendo su carácter indómito intacto.

Un patito feo, camino a descubrirse cisne.

15

La metamorfosis comenzó el día en que Muriel cumplió doce años. En un rapto de inspiración que no logró explicarse Amalia gastó todos sus ahorros en una guitarra.

Tenía pensado regalarle una máquina de coser para su cumpleaños, pero caminando hacia la tienda de costura se interpuso en su camino una de música, y no logró resistirse al impulso. Sin pensarlo dos veces terminó comprándole una guitarra acústica Gibson, modelo Hummingbird.

La emoción en la niña el día que escuchó por primera vez a Elvis en su esperado regreso televisivo en diciembre del año pasado (y la manera en que su cuerpo se contoneó al compás de la música) no le habían pasado inadvertidas. Era evidente que la niña llevaba la música dentro.

"A esta niña la música puede salvarla" pensó, y luego apartó el pensamiento de su cabeza como si no hubiera sido suyo. Pero al ver la Gibson paradita en el escaparate de la tienda lo evocó al instante.

El instrumento parecía estar llamándola. Sus suaves curvas, el significativo color rojizo de la madera y los grabados de flores y pájaros en su lomo. Esa guitarra debía ser suya. El precio era bastante más alto de lo que tenía pensado gastar, "pero debo ser generosa", se dijo. No sólo material, sino afectivamente. La máquina de coser es lo que ella quería, no su niña. Lo que su niña querría era esa guitarra. No cualquiera: esa. Y no había precio lo suficientemente alto a cambio de su felicidad. Haría lo que fuera para conseguirla.

Jamás olvidaría su cara aquella mañana. El momento en que le entregó el regalo quedaría impreso en su memoria como uno de los momentos más significativos en su vida. El silencio expectante mientras rompía el papel anaranjado, la alegría y el entusiasmo dibujados en su rostro mientras la guitarra emergía, triunfal, de su funda.

Y la manera en que suspiró al aferrarse a ella.

Jamás la ha visto aferrarse así a nada.

16

La febril pasión por Elvis no sólo despertó su vocación musical, también revolucionó sus hormonas y la visión que hasta entonces había tenido de sí misma.

Nada sería igual después de él.

Sus ojos azules, la sonrisa socarrona con el labio superior ligeramente inclinado hacia arriba mientras fijaba, insinuante, la mirada sobre la cámara. El atuendo de cuero negro y la pulsera amarrada a la muñeca izquierda. Y su voz, melodiosa e intensa, brotando desde lo más profundo de sus vísceras. Ingresando en ella a través de cada uno de los orificios de su cuerpo. Introduciendo en su sistema nervioso un nuevo pulso, palpitante y violento. Destinado a robarle la paz.

Todo en él había sido diseñado para perturbarla.

Una fuerza incontrolable tomó posesión de ella desalojando a la niña que alguna vez fue para transformarla de un día al otro en una mujer.

A partir de ese instante cada uno de sus pensamientos estarían dedicados a él, diurnos y nocturnos. En la escuela, en la cama, en la bañadera, en la mesa familiar. Lo imaginaba una y otra vez cantándole al oído, sonriéndole enigmático y posando su mirada sobre sus párpados cerrados. Acariciándola con una suavidad casi perversa.

No podía pensar en otra cosa.

Cuando Amalia le regaló la guitarra se aferró a ella como si se estuviera abrazando al mismísimo rey del Rock.

En ese instante se juró a sí misma que aprendería a tocar ese instrumento de manera que algún día él supiera que ella también existía.

17

Pocos meses después Geraldine citó a Tita en su despacho.

El argumento para prescindir de sus servicios fue que su presencia resultaba una mala influencia para su hija, y que en un momento tan delicado para una joven como la adolescencia no podía seguir avalando esta situación.

Muriel estaba a un paso de transformarse en señorita, y en los estratos sociales en los que ellos se movían no podían ser admitidos ciertos comportamientos ni modismos. En una niña podían pasar desapercibidos, pero en una adulta eran inadmisibles. A pesar de haber sido advertida una y otra vez, ella se empeñaba en inculcárselos. Todos en la familia coincidían en que esta era la decisión acertada. Había cumplido un rol muy importante en su crianza, eso debía admitirlo, pero ahora debían pensar en el futuro. Aquel trágico accidente en el cual su esposo murió la había dejado devastada, y por eso no había podido ser la madre que hubiera querido ser para su hija. Pero ahora que estaba por contraer nupcias con Charles quería reconstruir su vida incluyéndola a ella, y jamás podría hacerlo con Tita cerca. Le estaba siendo absolutamente sincera.

Amalia la escuchó retorciendo sus manos tras la espalda. Debatiéndose entre contestar o no. No pensaba renunciar a la promesa que alguna vez le había hecho a su niña de jamás abandonarla, y no quería perder un minuto más hablando con su patrona.

Tenía que planear la mejor estrategia para resolver este entuerto lo antes posible, pero debía disimular.

Geraldine le aclaró que la indemnización iba a ser muy generosa, ya que ella se merecía ese reconocimiento. Le daría dos semanas para despedirse y acomodar sus cosas tranquila, y con lo que le darían dispondría del dinero necesario para vivir al menos por dos años sin mover un dedo. Incluso hasta podría iniciar un pequeño emprendimiento en Perú si quería. Reencontrarse con los suyos. Después de todo ella tenía su familia en Perú, y no era justo seguir separándola de sus verdaderos afectos.

Amalia hizo un gran esfuerzo por ocultar su ira. Su patrona sabía perfectamente cómo amaba a Muriel, y que jamás se dejaría apartar tan fácilmente de su lado. Que recurriera al recurso del soborno no le sorprendía, ya que esa era la manera con que lo resolvía todo, con dinero. Pero que le diera a entender que Muriel no era en realidad su familia desató un huracán adentro suyo que no sabía si iba a poder contener.

Respiró profundo apretando las mandíbulas.

Para sacar a su niña del país va a necesitar dinero, así que decidió seguirle la corriente simulando acceder a su propuesta, y reclamando incluso una suma aún más alta.

Geraldine aceptó gustosa, aunque sorprendida. No pensó que le resultaría tan fácil sacársela de encima a la peruana. Finalmente son todos iguales, se dijo. Ante la plata baila el mono. Supuso que Amalia sería distinta, que no accedería tan fácilmente a renunciar a su hija. Pero evidentemente se equivocó. Son todos iguales después de todo, mejor así.

En el instante en que sellaron el pacto Amalia comenzó a planear la huida.

18

—Ya verá mi niña, Perú es un país maravilloso —dijo Amalia mientras acomodaba una blusa dentro de la maleta abierta sobre su cama. Muriel jugaba con la desvencijada manija de cuero.

—¿Y voy a poder llevar mi guitarra?

—¿Pero cómo no va a poder llevar su guitarra mi querida? ¡Por supuesto que va a poder llevar su guitarra! Si esa guitarra es la prolongación de sus brazos... ¡Por Dios! Sería como dejarla manca...

—¿Y podré verlo a Elvis en la tele? ¿Hay tele allá?

—Pero claro mi reina. Cómo no va a haber televisión. Le advierto que no nos vamos al fin del mundo eh... Es más, vamos a conseguir una buena escuela de música adonde pueda aprender a tocar nuevas canciones. Es muy bello mi país, ya va a ver. Pero escúcheme bien Mumi. —Soltó la prenda que tenía entre sus manos para mirarla a los ojos—. Es muy importante que no hable de esto con nadie, ¿comprende? Absolutamente con nadie. Fundamental le diría. ¿Comprende lo que le digo?

—Sí Titita, comprendo.

Amalia se inclinó para tomarla suavemente de las manos:

—¿Está absolutamente convencida de que esto es lo que usted quiere mi niña? Mire que no quiero obligarla a nada...

—Re segura Titita. La vamos a pasar bárbaro allá. Acá es horrible, usted sabe.

—Mire que comparada con la suya mi familia es muy humilde. Jamás va a faltarle nada, pero no va a ser lo mismo que aquí...

—Tranquila Tita. Usted sabe que a mí lo único que me importa es escuchar a Elvis y tocar mi guitarra. Si usted está conmigo y puedo tocar, no necesito más nada. A Elvis lo voy a conquistar cuando sea grande. Por ahora tengo que crecer para que sea mi novio. —Amalia sonrió acariciándole uno de sus bucles.

—Bueno, repasemos el plan entonces. Ni bien me entreguen los documentos partimos. Usted tiene que tener sus cosas listas. Pero sobre todo el alma, sabe. Porque aunque no lo crea, no va a ser fácil dejarlo todo. Usted ahora piensa que sí, pero no es así. Se lo digo yo que me ha pasado, y sé muy bien de qué le estoy hablando. Además, tiene que saber que vamos a tener que irnos de un momento al otro, así que tiene que tener todo listo. Pero que no se note. Nadie tiene que darse cuenta. Vamos a irnos por la noche. Esperaremos a que estén todos bien dormidos y nos vamos, calladitas. Quédese tranquila que cuando usted sea mayor de edad si lo desea va a poder volver. Jamás la retendría en Perú en contra de su voluntad, sabe. Sus raíces y su historia están aquí, y no voy a ser yo quien la haga renegar de ellas. Eso sería no quererla. Lo de cambiarle el nombre es sólo para salir del país tranquilas y que nadie nos detenga, pero usted es y será siempre Muriel Meyer. Norteamericana. Vamos a conservar su pasaporte. Ya sé donde lo guarda su madre y lo vamos a llevar escondido. ¿Está todo bien clarito? Yo me la llevo prestada unos añitos nomás, eso es todo. Hasta que sepa defenderse solita. Después si lo desea vuelve y reclama lo que es suyo. Después de todo usted es hija de su padre, y eso nadie puede quitárselo.

Muriel estaba exultante. Finalmente iba a atravesar las fronteras de lo conocido, ser libre. Alejarse de este mundo horrible en el cual no encajaba, ni deseaba encajar. Ya se sentía más liviana.

En cambio Amalia estaba apesadumbrada. El miedo y la responsabilidad la agobiaban. Aunque intentara disimularlo, la acosaban un millón de dudas. Si bien estaba convencida de seguir adelante con el plan y no pensaba echarse para atrás, no podía evitar preguntarse si estaría haciendo lo correcto. La pequeña Muriel no disponía del criterio suficiente para evaluar con claridad lo que realmente significaba esto en su vida, y elegir libremente. No estaba del todo convencida de cuál era el verdadero fin por el cual estaba haciendo esto. O peor aún, que fuera el correcto. ¿Y si lo estaba haciendo por motivos egoístas, y no por el bien de su niña? Para no perderla. Para no volver a casa sola...

Pero no, Muriel se lo había pedido. Y ella se lo había prometido. Simplemente estaba cumpliendo con su palabra, como corresponde. Eso era todo en lo que debía pensar, en cumplir con su palabra. Nada más.

Embriagada por el entusiasmo la joven no registró sus dudas. Y Amalia se dejó embriagar.

19

Si bien Muriel estaba asustada, no amagó siquiera con echarse atrás.

Se aferró a la mano de su *nanny* transmitiendo convicción a pesar del miedo. Por nada de este mundo quería que Tita dudara en llevarla.

Cuando todos se fueron a dormir y la casa quedó a oscuras las dos se escabulleron sigilosamente a través de la puerta de servicio.

Según lo pactado el auto que las alcanzaría hasta la estación de ómnibus las estaba esperando estacionado a unas pocas cuadras. Arrastraron sus bultos hasta él con esfuerzo y al ingresar se desplomaron sobre el asiento trasero.

Cuando arrancaron Amalia se persignó dejando el pulgar derecho apoyado sobre sus labios mientras miraba el paisaje del otro lado de la ventanilla. Secó el sudor de su frente.

Muriel imitó el gesto en forma mecánica y luego se aferró con una mano a su guitarra, y con la otra a Tita.

—Ya está mi niña. Ya está. Todo está saliendo como lo planeamos. El primer paso, que siempre es el más difícil de dar, ya está dado. Y todo ha salido a la perfección. Gracias Diosito. Gracias. Que todo haya salido tan bien es la clara señal de que Diosito está de nuestro lado.

SEGUNDA PARTE

Santiago

1

Cuando arriban a la frontera con México Geraldine está allí, esperándolas. La acompañan la policía local y el mejor abogado en política migratoria del Estado.

En el instante en que bajan del micro la niñera es arrancada de los brazos de su niña, esposada y detenida.

La cocinera chilena (que la había detestado desde el primer día que puso un pie en su cocina) la denunció diez días atrás. Cuando se enteró de su despido se dedicó a espiarla a sol y a sombra. Intuyó que seguramente algo tramaría para salirse con la suya, y ésta era su gran oportunidad para verla caer. Lo que siempre había deseado. No iba a desaprovechar el dulce sabor de la venganza.

Sólo por cuidar de la niña la mal parida había ganado siempre un sueldo considerablemente más alto que los demás. No era justo. Y ni hablar de la relación que había entablado con el patrón. Una confianzuda. Una mosquita muerta. Una desubicada.

De modo que ni bien confirmó sus sospechas informó de sus hallazgos a la patrona, y esta consultó inmediatamente a un abogado que le sugirió esperar para detenerla en la frontera. Era necesario agarrarla *in fraganti*, sólo así podrían probar dolo y amenazarla con meterla presa si no renunciaba a la niña.

2

Luego de forcejear con Muriel intentando sin éxito acallar sus frenéticos gritos Geraldine se encierra a solas con Amalia en un pequeño cobertizo ubicado a un costado de la ruta.

Cubiertas de odio, sus palabras se vuelven dagas.

—Depositamos nuestra confianza en usted Amalia, y nos defraudó. Pusimos en sus manos lo más sagrado que uno puede tener en esta vida que es un hijo, y usted traicionó nuestra confianza. Lo que ha hecho es inadmisible, y merece ir presa.

Amalia fija la mirada en el piso, enmudecida. Sus manos esposadas se retuercen contra sus muslos.

—¿En qué estaba pensando cuando planeó esto? ¿Realmente creyó que podría salirse con la suya? ¿Que era posible que una Meyer viviera en una pocilga roñosa con usted? ¿Usted dice querer a mi hija, y estaba dispuesta a robarle su vida arrastrándola a la miseria? ¿Usted cree que eso es amor?

La empleada levanta la mirada desafiante. Está a punto de contestar, pero decide no decir nada.

—No responde porque sabe que tengo razón, y que no hay nada que pueda decir que la justifique. Que lo que ha hecho no tiene perdón de Dios. Así que voy a interpretar su silencio como un último acto de dignidad... —Hace una pausa—. La situación es la siguiente Amalia: si usted sale de este cobertizo y le dice a mi hija que renuncia a ella la dejo cruzar la frontera sin levantar cargos, y este lamentable episodio queda en el pasado.

Incluso hasta estoy dispuesta a darle dinero para llegar a Cusco y sobrevivir allí un par de meses. Le ofrezco esto sólo porque es lo que a mi difunto esposo Richard le hubiera gustado que hiciera. Pero tiene que hacerlo, ya. Salga de aquí y libere a mi hija del cariño que siente por usted, y la dejo ir. Invente cualquier excusa, no sé... que en realidad no pensaba quedársela, que planeaba pedir un rescate... Un argumento que la desilusione. Si no lo hace le prometo que yo misma me encargaré de que se pudra en una cárcel. Si la libera del cariño que le tiene probablemente sufra un tiempo, es verdad, pero luego se recuperará. A veces un baldazo de agua fría es la mejor medicina para despertar, y un buen cachetazo en el momento justo puede ser tan amoroso como un abrazo. Libérela de lo imposible, libérese usted. Es lo mejor para las dos, se lo aseguro.

Amalia la escucha simulando evaluar la propuesta y luego inclina su cabeza hacia adelante como acordando. Mientras se dirigen hacia la puerta Geraldine suspira.

—No he oído una sola palabra de gratitud ante mi oferta Amalia... y Dios sabe que he sido generosa... ¿Lo sabe? Podría mandarla presa sin darle opciones. Pero en fin, su silencio no hace más que confirmar lo que pienso de usted. No puedo decir que me sorprenda su ingratitud.

Amalia ya no la escucha. Sólo piensa en qué decirle a su niña. Tiene que ser clara y contundente, lo antes posible.

3

—Escúcheme bien mi reina. Preste mucha atención a lo que voy a decirle, y grábese estas palabras en la cabeza. A fuego. ¿Sí?

Inclinándose ante Muriel lucha con las esposas para poder agarrar las mejillas de la niña entre sus manos. Negoció para despedirse de ella a solas en el cobertizo (esa fue la única condición que puso para aceptar la propuesta) y está ansiosa por transmitirle con la mayor claridad posible su mensaje en el corto tiempo del cual dispone.

Muriel sólo puede mirar las esposas. Nunca había visto en vivo y en directo un par de esposas, y jamás pensó que algún día las vería en las muñecas de Tita.

—Escúcheme bien. Yo jamás, pero jamás en esta vida renunciaría a usted. Por nada de este mundo, no importa lo que le digan. Tiene que creerme. Van a decirle muchas cosas de mí, pero usted sólo tiene que recordar que su Tita siempre la ha amado, y siempre la amará. Siempre. Usted es mi hija, y nunca... jamás, escúcheme bien: jamás pensé en abandonarla. Ni por un segundo.

—¿Qué dice Tita? ¿Por qué me dice todo esto? ¿Por qué tiene estas esposas puestas? No me hable así Tita, no quiero escucharla. No me gusta. —Muriel cierra los ojos y se tapa los oídos sacudiendo la cabeza.

—Escúcheme bien mi reina, tenemos poco tiempo y tiene que escucharme. Si me voy y no la llevo conmigo es porque me obligan. Algún día, cuando usted sea mayor de edad podrá buscarme. Y encontrarme. Adonde sea que yo esté, si estoy viva estaré esperándola. Y si estoy muerta estaré velando por usted desde el más allá. No tenga dudas. Pero ahora me tengo que ir, sabe. La gente no entiende nuestra relación y decidieron que no podemos estar juntas. Ellos no entienden. Así que cuando usted sea mayor de edad, si me necesita y quiere averigua donde estoy, y me viene a buscar. Ojalá el destino me haya llevado a Cusco. —Pasando las esposas por encima de su cabeza la rodea con sus brazos—. Pero mientras tanto va a tener que ser fuerte mi querida, —la abraza con fuerza— y no dejar que nadie le haga creer que no es hermosa. Usted es la niña más hermosa que jamás haya pisado esta tierra. —La suelta para mirarla a los ojos—. Fuerte y hermosa. Y si los demás no lo ven, el problema es de ellos. No suyo. ¿Está claro?

Cuando Amalia termina de decir esta frase Geraldine ingresa en el cobertizo acompañada por un policía. Al ver la escena comprende que Amalia no ha cumplido, ni piensa cumplir con su palabra.

La mataría, con sus manos. La degollaría como a una maldita y desgraciada gallina. Desvergonzada, condenada mula.

4

Los acontecimientos se suceden vertiginosamente.

Amalia se entrega sin resistencias, y va presa.

Muriel retorna a Boston sumida en un silencio gélido del cual se resiste a salir, por años.

Los diversos tratamientos psicoterapéuticos y psiquiátricos finalmente arriban a un diagnóstico concluyente: mientras Amalia esté presa y su madre sea la responsable, la niña no la perdonará. El mutismo era una forma de castigo. La única posibilidad de generar un vínculo basado en el perdón y la confianza era mostrarse benevolente con la empleada.

Geraldine finalmente accedió y dos años después Amalia recupera la libertad retornando a Perú.

Con quince años recién cumplidos Muriel se dedica a contar los meses que le faltan para cumplir dieciocho.

Su vida comenzará cuando pueda escapar.

5

El sol ingresa a través de las ventanillas del micro. Antes de irse a dormir cerró cuidadosamente las cortinas de tela, pero por la noche estas se han ido deslizando, y ahora los rayos matutinos se posan insolentes sobre sus párpados despertándola.

Luego de cobrar parte de su herencia e independizarse económicamente lo primero que hizo Muriel fue irse de Boston.

Retomó el anhelado viaje a Sudamérica truncado seis años atrás. Seleccionó unas pocas pertenencias y montándose sobre una interminable sucesión de micros y trenes atravesó nueve países: Estados Unidos, México, Guatemala, Honduras, Nicaragua, Costa Rica, Panamá, Colombia y Ecuador.

Finalmente, con dieciocho años cuatro meses y seis días cumplidos, el dieciocho de julio de mil novecientos setenta y cuatro arribó a Cusco.

Su intención era hacer el recorrido que había hecho Amalia tres años atrás, cuando fue deportada. Observar los mismos paisajes, saborear los territorios. Reconocer a través de los rostros de la gente sus historias, y escuchar sus ritmos. Las diversas melodías del pueblo latino.

Este contacto sólo podía ser logrado en micro. O en auto, pero no sabía manejar.

A medida que avanza, el viaje va obrando una profunda transformación en su ser. Se impregna de todo lo que ve con voracidad, con placer. Disfruta los encuentros, los sabores, el entusiasmo al despertar cada mañana. Los cambios en el clima y la geografía.

Pero lo que más la conmueve son los sonidos que comienzan a emerger de su guitarra. Vibrantes, coloridos, intensos. La conmueven y sorprenden.

Kilómetro a kilómetro los rasgos de su rostro se van suavizando transformándola en una versión más alegre y distendida de sí misma.

6

Está incómoda. Se acomoda sobre el asiento con dificultad. Ya ha cambiado un millón de veces de posición en la butaca porque el espacio es demasiado estrecho para su metro setenta y cinco de estatura.

Sentada en posición fetal apoya la frente contra la ventanilla.

Tiene el pelo recogido en una colita alta y una musculosa blanca que deja entrever los huesos de su espalda. El rosario de madera que le regaló Amalia al cumplir diez años asoma a través de su escote.

Muriel es alta, flaca y bonita. Imponente. Aunque lo intenta, jamás logra pasar desapercibida. Su pelo salvaje, sus pechos inmensos y la mirada franca y despierta invariablemente llaman la atención de la gente. Imposible no mirarla.

Se lleva una mano hacia la cara escapando del sol, pero rápidamente se da por vencida. Abre los ojos. El micro finalmente arribó a Cusco. Se acomoda sobre el asiento despejando el cansancio para abrir las cortinas.

La majestuosidad de la Ciudad Imperial le quita el aliento. Una sonrisa se le dibuja en el rostro, iluminándolo.

"Llegué. No puedo creerlo. Finalmente he llegado. Por Dios... qué bella es esta ciudad". Piensa. "Ahora sólo me resta encontrar a Tita. Y tarde o temprano voy a encontrarla, lo sé. Voy a encontrarla..."

Se aloja en un pequeño hotel a pocas cuadras de la Plaza de Armas para poder dormir un rato en posición horizontal y bañarse tranquila.

Planea salir a buscar a Tita después de una siesta.

No imagina lo cerca que está de encontrarla.

7

Hoy Amalia cumple cincuenta y seis años.

"¡Ya tengo cincuenta y seis años! Qué vieja estoy, por Dios…" Divaga en sus pensamientos mientras cose una falda sobre sus muslos. "Así es la vida pues, pasa tan rápido… Pensar que cuando era joven andaba queriéndome morir todo el tiempo, y ahora que estoy vieja aquí estoy, disfrutando tantísimo de este sol. Qué increíble ¿no?".

Desde que Muriel cumplió dieciocho años todas las tardes viene religiosamente a esta plaza, la Plaza de las Armas. Se sienta siempre en el mismo banco a esperar que llegue. Sabe que algún día va a hacerlo, aunque no sabe cuándo. De lo que sí está segura es de que si ella la busca aquí podrán encontrarse.

"Si algún día Muriel viene a buscarme, aquí me encontrará".

Evaluó estratégicamente el lugar decidiéndose por este banco ubicado frente a una fuente, de cara a la Catedral. Los días lluviosos se cobija bajo las arcadas de los portales sin sacarle un ojo de encima a la plaza. Camina, pasea, canturrea. Los días bonitos lleva su bolso de costura, así aprovecha para adelantar el pedido de alguna clienta.

Luego de ser deportada decidió instalarse en Cusco para montar un pequeño taller de costura junto a sus hermanas. El emprendimiento resultó tan próspero, que en poco tiempo terminó dándole de comer a toda la familia, su cuñada incluida.

"Yo cumplo cincuenta y seis y mi niña ya cumplió dieciocho.

¿Vendrá a buscarme algún día? Aunque no estoy segura cuándo, debo estar aquí para recibirla. Por las dudas. Ojalá sea antes de que me muera ¿no? Sería un gran disgusto venirse desde tan lejos y no encontrarme. Además, no puedo morirme sin verla una vez más. Debe estar tan grande... Si viene a Cusco va a venir a esta plaza, seguro. ¿Recordará que hoy es mi cumpleaños? No creo. A su edad uno no recuerda estas cosas. No creo siquiera que recuerde mi edad...

De pronto la sombra de una silueta parada ante ella la saca de su ensimismamiento.

Al levantar la mirada, la luz del atardecer la enceguece. Llevando una mano hacia la frente enfoca mejor la vista y cuando logra distinguir quien está parada ante ella no logra salir de su asombro.

Una joven pelirroja, alta y esbelta, con los ojos más bonitos que jamás haya visto le extiende los brazos sonriente.

Con ambas manos sobre su boca Amalia se levanta precipitadamente. Al hacerlo deja caer al piso la falda a medio hacer.

—¿Mumi? ¿Mi niña? ¿Es usted? Pero cómo ha crecido ¡Por Dios! Si es mi pequeña... ¡y se ha vuelto una mujer! Qué increíble... ¡Mire lo alta que está! —La abraza palpando su espalda, como queriendo cerciorarse de que sea real.

—Ay mi niña, mi niña, mi niña... —repite una y otra vez mientras la abraza. Luego toma distancia para escudriñar dentro de sus ojos húmedos. —Mumi, mi querida... ¡es usted! No puedo creerlo... ¡Pero cómo ha crecido, por Dios!— y ahogando un sollozo agrega— ¡Pero debe llevarme más de una cabeza y media! ¡No es posible! Está tan bonita mi reina... de veras, una reina. ¿Cuándo llegó? ¿Cómo llegó? ¿Se encuentra bien? ¿Dónde se aloja? Mire que ya mismo se me viene para casa, que es su casa. Va a conocer a toda la familia. Somos humildes, pero en ningún lugar del mundo estará mejor que aquí, ya verá. —Muriel se resigna a no poder responderle y sonríe, impotente. Cada vez que intenta decir algo Amalia la interrumpe—. Discúlpeme mi querida, es que tengo tanto que decirle, fueron años sin verla... Está tan flaquita pues... —Le frota los brazos y vuelve a abrazarla, acompañando el abrazo de un prolongado silencio.

Muriel se inclina para zambullirse en sus hombros. Cuando lo hace siente que el cuerpo de Amalia es significativamente más pequeño de lo que recordaba. Definitivamente más pequeño. Como si se hubiera encogido varios talles. Le cuesta adaptarse a estas nuevas percepciones.

Cierra los ojos.

Al hacerlo el aroma de su piel la lleva de regreso a su pasado, en un santiamén. Y este cuerpo que en primera instancia le había resultado tan extraño se le revela como el territorio inconfundible de su infancia.

"Estoy en casa, finalmente. *I am back home...*"

Y aferrándose a esta nueva versión de Amalia suspira aliviada.

8

Los primeros días la joven duerme sin parar, levantándose para comer e interactuar sólo lo indispensable. Después de una semana, ya renovada, sale de su ostracismo para entregarse a los brazos incondicionales de las hermanas Costas.

Ellas entendieron que necesitara tiempo y espacio para recuperarse del cansancio del viaje, pero ni bien mostró señales de estar bien predispuesta se le abalanzaron atiborrándola con mimos y manjares. Tiraditos, ceviche, conchitas a la parmesana, papas a la huancaína y pachamanca. Se ensañaron en hacerla engordar. La joven estaba demasiado flaca, y eso era una mala señal. Pero no lo lograron. El metabolismo acelerado de Muriel consumía todo lo que ingiriera, comiera lo que comiera. No engordaba ni un gramo.

La casa de la familia es amplia y luminosa, en el fondo hay una enorme huerta que ocupa casi todo el jardín. Allí Muriel se dedica a trabajar la tierra y cuidar de los frutales, tarea que la distrae y la ayuda a regenerarse.

En sus ratos libres, además, toca la guitarra.

Comenzó dando pequeños recitales caseros en los que congregaba a toda la familia, pero con el tiempo se fueron sumando los vecinos. Así descubrió, casi sin proponérselo, el don para tocar en público. Antes lo hacía a solas en su cuarto, y jamás había considerado la posibilidad de vivir de esto.

Cada vez que Muriel canta Amalia se deslumbra. Le cuesta creer que esta misma mujer, preciosa e imponente, sea la misma niña que una década atrás se escurría entre sus sábanas aferrada a un muñeco sucio. Se había transformado en una auténtica gringa, hecha y derecha.

En el vecindario nadie terminaba de entender qué coños hacía viviendo entre ellos una mujer así.

9

Doce de abril de mil novecientos setenta y seis.

Muriel sale de su casa sin imaginar que está a un paso de encontrarse con uno de los grandes amores de su vida, el más definitivo.

Deja unas prendas en lo de una clienta (es una de las formas que ha encontrado para colaborar con Amalia y sus hermanas, repartir encargos) y como está cerca, decide dirigirse hacia la Plazoleta del Regocijo ubicada en el sector suroeste de la Plaza de Armas.

Hace meses que se dedica a cantar a la gorra en las distintas plazas de Cusco, pero azarosamente hoy ha elegido esta. Sentada sobre un banquito al costado de la fuente central toca la guitarra y canta. La rodean un grupo de curiosos, asombrados con la voz potente y el aspecto llamativo de la gringa.

Hace meses descubrió a un cantautor cubano que cautivó su corazón y desde entonces lo incluye en todos sus repertorios. El autor se llama Silvio Rodríguez, y la canción que interpreta con la ayuda de su vieja Hummingbird es "Días y Flores".

"Si vuelvo cargado
con muchas flores
(mucho color)
y te las pongo en la risa,
en la ternura, en la voz,
es que he mojado en flor mi camisa
para teñir su sudor"

Santiago está atravesando la Plazoleta cuando la escucha. Viene acompañado por unos amigos.

—Che... Mirá. ¿Podés creer lo que es la pelirroja esa que está cantando allá? —La señala—. Esa mujer no es de este mundo, boludo. Parece un ángel... o un demonio, no sé... pero mirá qué fuerte que está. Me mató hermano... Mirá, se me paró el corazón, mirá. —Agarra la mano de César, su mejor amigo, posándola sobre su pecho. César se ríe.

—No. En serio César. Te juro boludo. No es joda. Necesito que me acompañes a conocerla o me muero acá mismo. Como sea. Sí o sí.

Observa al resto de sus compatriotas dirigiendo la mirada a Patricia.

—Che Pato, vos. Dale flaquita, haceme la gamba. Vos también sos música y estoy seguro de que podés ayudarme a entrarle a esta mina. Por favor te lo pido. —Lleva ambas manos hasta su pecho en forma de súplica—. Estoy muerto de amor, lo juro. Acabo de conocer a la madre de mis hijos ¿entendés? ¡No la puedo dejar pasar! Tenés que ayudarme.

Patricia sonríe inclinando la cabeza. Después de pensarlo unos segundos responde a modo cómplice:

—Sos tremendo Santi... Bue, dale. Vamos. Veamos qué se puede hacer...

El grupo de jóvenes está compuesto por seis argentinos que tienen entre veinte y veinticinco años de edad. Tres varones y dos mujeres. Hace un par de meses decidieron recorrer Sudamérica como mochileros y el golpe de Estado del veinticuatro de marzo de este año los ha sorprendido lejos de su patria, y sin saber qué hacer. Hace días que debaten opciones calurosamente, pero no logran arribar a una conclusión. Son estudiantes de tercer año de psicología y sociología, y sus inquietudes políticas en este momento político de su país podrían costarles la vida. Hay opiniones cruzadas. Algunos quieren volver, organizarse, y resistir en la clandestinidad.

Otros contemplan la posibilidad de aprovechar la circunstancia para quedarse a vivir un tiempo en Cusco.

Se suman al grupo congregado en torno a Muriel. Ella canta con los ojos cerrados:

> "Pero si un día me demoro, no te impacientes,
> yo volveré tarde.
> Será que a la más profunda alegría
> la habrá seguido la rabia ese día..."

Cuando abre los ojos enfatizando la palabra día lo primero que vé son los ojos de Santiago posados sobre ella.

Santiago.

Su mirada penetrante e intensa tiene dejos incaicos, pero sus facciones son europeas. Como la mayoría de los hombres argentinos, es apuesto y canchero.

Él la mira directamente a los ojos sin titubear ni intentar ocultar sus intenciones.

Ella retira la mirada.

Él se sonríe. "Por cómo desvió la mirada, le gusté" piensa entusiasmado. "¡Vamos todavía carajo!"

> "La rabia simple del hombre silvestre,
> la rabia bomba (la rabia de muerte),
> la rabia imperio asesino de niños,
> la rabia se me ha podrido el cariño..."

Patricia aprovecha la estrofa para sumarse a cantar invitando a otros a seguirla. Segundos después el grupo entero de argentinos, más dos peruanos y un chileno acompañan a Muriel con su guitarra.

El entusiasmo va *in crescendo*. Hasta los que no conocen la canción se suman aplaudiendo.

"La rabia madre por Dios tengo frío,
la rabia es mío —ese es mío, sólo mío—
la rabia bebo pero no me mojo,
la rabia miedo a perder el manojo,
la rabia hijo zapato de tierra,
la rabia dame o te hago la guerra,
la rabia todo tiene su momento,
la rabia el grito se lo lleva el viento,
la rabia el oro sobre la conciencia,
la rabia —coño— paciencia paciencia"

El coro sube su intensidad hasta elevarse por encima del bullicio del tráfico y los transeúntes, invadiendo la plaza. Muriel sonríe satisfecha.

"La rabia es mi vocación".

Cuando el ímpetu llega a su punto cúlmine, como si lo hubieran acordado todos callan de golpe, excepto Muriel y Patricia. La canción termina con las dos jóvenes cantando a dúo mientras el resto las escucha en silencio.

Sus voces suenan dulces y cristalinas.

"Si hay días en que vuelvo cansado,
sucio de tiempo,
sin para amor,
es que regreso del mundo,
no del bosque, no del sol.
En esos días,
compañía,
ponte alma nueva
para mi más bella flor"

Patricia y Muriel se miran complacidas. La afinidad entre ellas es instantánea.

Santiago las observa enmudecido.

10

Después del encuentro en la Plazoleta del Regocijo Muriel invita al grupo de argentinos a comer a su casa.

Amalia los recibe desconcertada. Su niña había sido siempre bastante ermitaña, y nunca había traído amigos a comer. Por eso se sorprende. Pero es sin duda una grata sorpresa. Les pide ayuda a sus hermanas para ofrecerles una gran comilona dispuesta a agasajarlos como corresponde.

La noche es larga. Comen, beben, cantan y ríen con ganas.

Luego de horas sentados ante un fogón en el jardín del fondo los jóvenes se van retirando de a uno a las carpas que armaron junto a la huerta. Santiago y Muriel se quedan a solas, sentados sobre una manta bajo un viejo cedro. Las hermanas Costas duermen hace rato.

—¿Piensan quedarse mucho tiempo más en Cusco? —pregunta Muriel, mientras tira una piña al fuego. Las llamas iluminan su rostro y su cabello brilla como si fuera oro líquido. A Santiago la imagen le resulta irresistible, y no disimula su encanto.

—Qué linda sos gringa, carajo... —Al ver que Muriel baja la mirada decide cambiar de estrategia y responde a su pregunta—. Todavía no sabemos che, no lo hemos decidido. Pero tenemos que volver a la Argentina. Están pasando cosas muy fuertes allá sabés, y no podemos no volver. ¿Vos conocés el resto de Sudamérica?

—No, todavía no. Nací en Boston y estuve de pasada por México y Centro América... Pero no he recorrido aún el resto del continente, pero tengo muchas ganas de hacerlo. Me vine a Perú a estar con Tita, sabes. Estuvimos muchos años separadas y necesitaba darme una panzada de ella.

—¿Y Tita qué vendría a ser tuyo?

—Mi mamá. Parece extraño ¿no? Pero creeme, es así. Con lo distintas que somos, ella es quien me ha criado. Y si estoy aquí sentada es gracias a ella. Yo soy el resultado de una experimento algo particular, una mezcla bizarra de un entorno súper americano con una *nanny* súper peruana, que de todas las personas que me rodearon en la infancia fue la única que supo entender mi sensibilidad y aceptarme como soy.

—Uau... qué historia, gringa. Una belleza. Mirá que sos especial eh... —Santiago duda unos segundos y luego se lanza —. Sos increíble, de verdad. Verte cantando hoy en la plaza me ha partido la cabeza, mal. Tu voz, tu energía, tu cuerpo... todo. No se puede creer che. —Se acerca hacia ella acomodándose a su lado. Muriel decide sostenerle la mirada y no alejarse, aunque los nervios la impulsen a hacerlo—. Yo sé que vas a pensar que te estoy chamuyando, que es muy pronto para decirte todo esto, etcétera... Pero te juro que lo que me pasó hoy con vos no me pasó nunca en la vida con nadie, te lo juro. Suena a verso, yo sé. Todavía ni un beso te di. Pero no necesito tocarte para saber lo que voy a sentir cuando te toque. Ya sé todo. Y ya sé también que lo que estoy por decirte va a parecer una locura que ni yo mismo entiendo. Pero bueno... Es así, es lo que me está pasando. —Carraspea—. Probablemente en unos días estemos volviendo a la Argentina así que sí o sí tengo que decírtelo, tengo que proponértelo. —Se acerca un poco más y le acomoda un mechón de pelo tras la oreja mientras le pregunta suavemente en su oído— ¿Te animarías a venirte con nosotros a la Argentina? Por un tiempo, para probar. Yo sé que esto puede parecerte una locura. Casi ni nos conocemos, y no es el mejor de los momentos para viajar a mi país, para qué te voy a mentir. Mucha gente allá debe estar viendo cómo irse, porque los milicos estos son unas bestias peludas. No te lo voy a negar. Mi propuesta es una locura, literalmente. Pero al fin y al cabo vos sos americana, y con un extranjero no se van a meter. Además ¿qué es de la vida sin un poco de locura, no? Yo confío plenamente en mis impulsos, y sé positivamente que no puedo dejarte atrás. Lo juro. Ahora que te encontré no puedo dejarte ir. Es más, si no te venís conmigo dejo todo y me quedo acá con vos. Pero no puedo dejar en banda a mis amigos. Te prometo que si te venís te cuidaría como si fueras lo más valioso que tengo en la vida. No necesito conocerte más para saber que es así ¿Te venís con nosotros gringuita? Dale...

Muriel hace una pausa interminable y luego responde:

—Yo no necesito que me cuides Santiago, yo sé cuidarme solita.

Santiago sonríe.

—Ah...Sos brava... las pelirrojas son bravas che, no hay caso. Pero a mí me encantan las mujeres bravas, así que mejor. Si no es un embole, me aburro. —Termina de decir esto y la agarra del pelo acercándola para besarla. Al principio Muriel tantea sus labios, jugueteando con ellos. Pero en cuestión de segundos se entrega al beso.

Pierden la noción del espacio y el tiempo.

La química entre ellos es perfecta.

Después de media hora besándose y revolcándose sobre la manta Santiago pregunta, ansioso: —¿Tendrás una habitación donde podamos estar tranquilos? No doy más gringuita linda, necesito hacerte el amor, verte desnuda. Mirá que si no lo hacemos acá mismo, y me cago en Tita, tus tías, y mis amigos... Yo puedo ser una bestia. Te aviso.

Muriel sonríe y se levanta.

—Vení, seguime.

—Claro que te sigo mi amor. Te sigo a donde sea, el resto de mi vida te sigo. No sé cómo carajo vamos a hacer, pero te aseguro que yo de vos no me separo más. —Le susurra al oído mientras camina pegado a su espalda.

11

Diecisiete de abril.

Muriel prepara la mochila, está decidida a seguir a Santiago a Buenos Aires y tiene muchas cosas que hacer antes de irse. El grupo parte mañana.

Amalia toca a la puerta de su habitación consultando si puede pasar, pero luego abre la puerta sin esperar la respuesta. Sumida en un profundo desasosiego se sienta en el borde de la cama. Espera unos minutos, y lanza la pregunta: —Estuve pensando mi reina... ¿Cómo es posible que vaya a irse así, de un día para el otro? Parecen buena gente estos argentinos, es verdad, pero casi no los conocemos, —la ayuda a doblar algunas de sus prendas. El tono de su voz transmite preocupación. Insiste—: Y se está yendo a un país extraño, adonde dicen están sucediendo cosas terribles... Me da miedo mi querida. Se está yendo al sur del sur, al país más lejano de Sudamérica... No sé pues.

—Quédese tranquila Tita. Voy a estar mandándole noticias mías todas las semanas, estese tranquila. Todo va a salir bien, ya va a ver. Aunque lo conozca hace poco, confío plenamente en Santiago. Quédese tranquila.

—Ay mi reina, es imposible que me quede tranquila en semejantes circunstancias. Pero usted ya es grande, y ya sabemos que cuando se le pone algo en la cabeza es imposible frenarla. Sólo le pido que se cuide, y que me prometa que ante la primera señal de peligro se me vuelve. Nosotras estaremos aquí, esperándola. Como siempre.

Muriel suelta la mochila y se acerca para abrazarla.

—Claro Tita, como siempre. Le prometo. —Y luego agrega en tono entusiasta— Usted sabe que yo sé cuidarme. Y en menos de lo que canta un gallo estaré de regreso. Seguramente para las fiestas, por qué no. Ahora que nos reencontramos no vamos a separarnos por mucho tiempo. ¿No? Me voy unos meses nomás, hasta ver qué pasa con Santiago. Si después de las fiestas sigo con él, entonces lo convenzo de que volvamos a vivir aquí. Pero por ahora necesito seguirlo a donde él vaya. Ahorita lo que él necesita es volver a la Argentina.

Como suele suceder en estos casos, Muriel no sospecha la magnitud de las implicancias que esta decisión traerá aparejada a su vida.

12

Buenos Aires la sorprende gratamente.

Todo en ella le resulta bello. Su arquitectura, sus majestuosas avenidas. Los palacetes de comienzos del siglo veinte y los bosques de Palermo diseñados por Thays. La Estación Retiro y el Obelisco. El tango, las tertulias, las milongas. Las cadencias sensuales y melancólicas del acordeón.

Aterrizó en la ciudad siguiendo a un gran amor, y terminó enamorándose de ella. Con milicos, censura y violencia incluídas.

Ni bien arribaron se instalaron en el departamento de dos ambientes que Santiago alquila sobre la calle Austria, a la altura del Hospital Rivadavia. En sus ratos libres (que son muchos) recorren el barrio a pie. Caminan hasta las librerías de la Avenida Corrientes adonde se pierden por horas entre viejos ejemplares de libros usados. Conoce San Telmo, Balvanera, La Boca, Plaza Francia. Los domingos pasean por la ciudad en el Citroën 3 CV regalo de los padres de él, y los fines de semana hacen escapadas al Tigre.

El romance es tan apasionado que no tienen tiempo para otra cosa que no sea estar juntos. Si no están recorriendo la ciudad se quedan en la cama haciendo el amor, escuchando música, o durmiendo. Por ahora no desean dejar entrar intrusos a su pequeño paraíso.

Si bien no profundizan en sus respectivos pasados, el vínculo entre ellos es cómodo y fluido. Muriel es muy reservada y Santiago comprende que sus heridas deben ser muy profundas para no poder casi hablar de ellas. Por nada de este mundo volvería a abrírselas, mucho menos por curiosidad. Respeta su dolor. A veces después de hacer el amor ella solloza entre sus brazos y él la deja llorar, abrazándola en silencio. Después de estos breves episodios ella se recompone y todo vuelve a ser alegre y luminoso. Como si nada hubiera pasado.

Pueden pasar días enteros encerrados en el departamento de la calle Austria aislados del mundo y disfrutando de su amor. Los acontecimientos políticos y la militancia a la cual Patricia y César se están sumando fervorosamente por ahora no les despierta ningún interés.

En cuestión de meses la realidad golpeará a su puerta obligándolos a salir de la plácida burbuja dentro de la cual se han refugiado.

13

—Boludo, tenés que reaccionar. Yo entiendo que tengas flor de metejón con la gringa, eso del amor y la mar en coche... No te voy a negar que hasta un poco de envidia me da... Pero están pasando cosas muy jodidas a tu alrededor, loco. Despabilate de una vez che. Pato y yo entramos al movimiento hace meses, y estamos esperando que vos te sumes como dijiste que ibas a hacer. Acordate que dijimos que volvíamos al país para hacer algo, que con lo que estaba pasando no se podía mirar para otro lado. Y ahora vos no hacés otra cosa que encerrarte a coger con la gringa, boludo. Está re fuerte, yo entiendo. Pero ya está, loco. Parecés un zombie. Podés seguir fifándotela todo lo que quieras, pero seguí con tu vida hermano, y con la causa. Porque con lo que está pasando acá no podemos seguir haciéndonos los boludos. Hay que jugarse. Se están chupando a medio mundo.

Santiago y César se fuman una tuca en el balcón mientras Muriel y Patricia preparan la ensalada en la cocina. El departamento del padre de César queda frente a la plaza Barrientos y es amplio. Las chicas no escuchan la conversación, pero César comienza a subir inquietantemente el tono de su voz.

—Okey loco. Pero tranquilo che... Mirá que Muriel puede escucharte, y ya sabés que no quiero que la gringa se entere.

—No puedo estar tranquilo. Y me importa un pito que la gringa se entere, pedazo de pelotudo. Estamos hablando de que estos trogloditas están matando a mansalva loco. Porque usás el pelo largo o no les gusta tu cara te mandan a investigar, y si encuentran el más mínimo vínculo te chupan, aunque no hayas hecho nada. No es joda boludo. O reaccionamos y nos organizamos, o no sabemos en qué termina todo esto. Están armando campos de concentración adonde torturan compañeros. En este momento nuestros amigos de la facu están ahí… Mientras nosotros nos fumamos este porrito en el balcón de mi viejo. No da hermano. Ya se chuparon a Alejandro Milstein y a Manuel Carrillo.

El acalorado discurso se ve interrumpido por un ruido estruendoso que viene del comedor. En menos de un segundo César se da vuelta y sacando del bolsillo de su saco un arma apunta hacia allí.

Temblorosa, Muriel queda en la mira. Tiene las pupilas dilatadas y las palmas de las manos ahogando un grito. Los restos de la ensaladera rota están desperdigados alrededor suyo. Parada a su lado Pato la abraza, mirándolos acusadoramente.

—¿No podían hablar más despacio, pedazo de idiotas? Ahora miren, la involucramos a la gringa… No hubo manera de frenarla.

cesar baja el arma mientras sube los hombros.

—Sos un reverendo pelotudo César, la concha de la lora. Te dije que bajaras la voz. Me cago en vos, la gringa no tenía que participar en esto… ¡Te dije que la dejáramos afuera! —Santiago trata de contener sus gritos, pero está furibundo. Corre a abrazar a su mujer que parece asustada y confundida.

—Igual vos sabés que lo que pretendías era imposible. Tarde o temprano iba a terminar enterándose… —responde César guardando el arma en su bolsillo—. Y no te engañes. Aunque no se enterara, igual ya estaba adentro.

Santiago lo observa callándose. Luego mira a Patricia.

—¿Y ese chumbo de dónde carajo salió? ¿Qué es todo esto chicos? Las cosas no pueden haber cambiado tanto en tan poco tiempo. Ustedes no pueden haber cambiado tanto como para andar calzados como si hubieran usado armas toda su vida.

—Bienvenido a la realidad Santi querido —Responde Patricia mirando con gesto cómplice a César—. No podés estar tan en babia che. Ya casi hasta que es peligroso, para vos y para la gringa. Y enterate de una vez, no pasó poco tiempo. Ya pasaron cinco, casi seis meses. Una vida en estas circunstancias.

Así el demonio se infiltra en su paraíso, de un porrazo.
Y ya no hay manera de expulsarlo.

14

César y Patricia se conocieron en la adolescencia en el grupo de Guías Scout del Liceo San Agustín. Allí se hicieron íntimos.

Años después la fascinación por los discursos del Padre Carlos Mujica (líder del movimiento tercermundista dentro de la Iglesia Católica) los llevaría a involucrarse ideológicamente con la Organización Armada Montoneros.

Patricia y Santiago se conocieron cursando el primer año de la carrera de Sociología en la Universidad de Buenos Aires.

cesar estudiaba Psicología en la UBA, pero siendo tan amigo de Pato terminó haciéndose amigo del nuevo amigo de su amiga.

Fueron años vehementes. Fines de semana de guitarreadas, mateadas e intensos debates filosóficos e ideológicos.

Desde el comienzo los tres comulgaron con la política nacionalista y anti-imperialista de la agrupación guerrillera, no así con los secuestros extorsivos ni la lucha armada.

Ellos creían fervientemente en el poder transformador de las palabras, pero el derrocamiento del gobierno de Isabel Perón por parte de la Junta Militar del veinticuatro de marzo los fue llevando, a su pesar, a participar de manera cada vez más activa en la lucha armada. El atropello de los derechos civiles de algunos de sus compañeros de facultad que desaparecían violenta e intempestivamente los llevó a sublevarse y a levantarse en armas.

El episodio en el balcón resultó para Santiago una cachetada que lo despertó bruscamente, trayéndolo de vuelta a una realidad incómoda.

—Hace tres días se chuparon a Nacho. Nadie sabe bien a dónde se lo llevaron. Creemos que está en la ESMA, pero no estamos seguros. —dice Pato en voz baja, sentada sobre el sillón del padre de César. Mientras habla se acomoda la pollera planchándosela con una mano. Patricia ha sido siempre una mujer medida y delicada que rara vez pierde el control.

—¿A Nacho? ¿Se lo llevaron a Nacho? ¿Me estás jodiendo? Pero si Nacho es más tranquilo que Lassie y está en la suya... No puede ser.

—No te estamos jodiendo Santiago Iribarren. A ver si caes de una vez por todas hermano, lo que estamos diciendo no es joda. Nos están llevando a mansalva. Despertate de una vez por todas pelotudo. —agrega César con voz firme y metálica.

15

Entre el miedo, la adrenalina, y las ganas de cambiar al mundo los meses se les deslizan como el agua, sin que se den cuenta.

—Ya sé que le dije que estaría de vuelta para las fiestas Titita. Discúlpeme, lo siento mucho, de veras. Pero los meses se han volado y no he logrado organizarme. No puedo creer que ya estemos en diciembre.... Pero será sólo esta vez, se lo prometo... El año que viene estaremos allí para las Pascuas, se lo prometo... En realidad estoy organizándome para intentar pasar mi cumpleaños en Cusco. ¡No se cumplen veintiún años todos los días! ¿No es cierto? Y eso debemos festejarlo juntas... Sí, claro, lo intentaré... No se preocupe Titita... Sí, claro que estoy bien. Por aquí todo está bien, quédese tranquila...

Hace calor, y el sol se pone tras los edificios coloreando el cielo de una interminable gama de rojos, amarillos y anaranjados. Mientras habla por teléfono Muriel se aferra con ambas manos al tubo del aparato de ENTEL. Santiago la observa con gesto adusto mientras riega las plantas en el balcón. Cuando ella se da vuelta para mirarlo borra rápidamente la preocupación de su rostro, dibujando en él una sonrisa forzada. No quiere transmitirle su preocupación. Se siente culpable por haberla arrastrado a esta situación, y a veces hasta fantasea con separarse de ella sólo para liberarla. Pero no encuentra la voluntad para concretar esa opción.

Muriel corta la comunicación. Santiago apoya la regadera y se acerca para tomarla de la cintura. Le da un beso en el cuello, corto pero intenso.

—Ay gringa, me mata que no puedas volver a Perú a pasar las fiestas como habíamos quedado. Te juro, me mata. —Apoya la mejilla contra su hombro izquierdo—. ¿No querés ir? A veces pienso que debería dejarte ir. Es una locura que te hayas involucrado así en mis quilombos... —dice dubitativo, como si estuviera pensando en voz alta.

—¿De qué hablas Santiago? No puedes dejarme ir, si yo no estoy queriendo irme a ningún lado. Y tengo clarísimo que no pienso hacerlo. Dado que la decisión es mía, y no tuya, no me vengas con esas pavadas ¿quieres? Como dirías tú. Además tus quilombos son mis quilombos. Ya nos organizaremos para visitarla a Tita en marzo, para mi cumpleaños. ¿Piensas que en marzo será posible ir?

—Sí negra. Claro que con tiempo me organizo y te acompaño. Esperemos que en marzo la cosa esté un poco más fácil. Hoy está difícil cruzar la frontera, no es joda. Pero vamos a ver cómo nos organizamos y lo hacemos. Dale. —Desvía la mirada hacia su escote y llevando una mano allí introduce una mano en sus pechos—. Qué fuerte que estás por Dios... Mmm... —Los masajea—. Tenemos un rato antes de salir... ¿Vamos al cuarto?... Está bueno que vayamos al cumple de Pato, quiero que veas lo divertida que es su casa cuando se juntan en familia. Son todos músicos, y tienen una onda increíble. A vos te va a encantar, estoy seguro... De paso conocés Vicente López, que todavía nunca fuimos. —La abraza con fuerza—. Pero ahora vayamos un ratito al cuarto ¿dale? —La conduce hacia la habitación besándole el cuello y masajeándole los pechos.

Muriel se deja conducir. Al llegar a la cabecera de la cama se saca el vestido dejándose pintar por la luz del atardecer. Desnuda parece una escultura.

—La puta que estás fuerte Muriel. Qué hija de puta sos, uno de estos días me vas a matar de un infarto. No puedo más de la calentura che... —Se desviste apurado—. Bueno, que nos esperen. Después de todo si llegamos un poco más tarde nadie se va a dar cuenta.

Ingresan en un mar de besos y caricias.

Cuando llegan a la comida en la calle Gaspar Campos entrada la una de la madrugada, para su sorpresa, son recibidos por todos con enojo.

—Los tiempos que corren no son como para andar desapareciendo así sin avisar ¡pedazo de pelotudo! Estábamos preocupadísimos —lo increpa César furibundo.

Todos coinciden en un murmullo generalizado.

16

Superada la tensión inicial retoman los festejos. Hay globos, empanadas, vino y guitarreada.

Alejado del grupo y del clima festivo Muriel distingue entre la gente a un hombre sentado en posición india sobre el pasto. Es bastante más grande que el resto (tiene unos treinta y cinco años) y su actitud parca y reservada llama su atención.

Se acerca discretamente a Pato para preguntarle: —Che Pato... ¿Quién es el flaco ese? Es raro... Casi no habla y es más grande que el resto. Nunca lo había visto. Medio mala onda ¿no?

—¿Blas? ¡Nooo! Blas es un divino. Es verdad que es un poco parco, y la cara de pocos amigos no lo ayuda... Pero no sabés lo divino que es. Hace un tiempito empezó a colaborar con la causa. En realidad él es del Norte, de Tilcara. Vino hace unos años para estudiar medicina en la UBA y nunca más se fue. Labura en el Rivadavia. Hace un tiempo nos está ayudando a tender puentes con el norte. Ubica gente que tiene que guardarse por un tiempo. Es groso el flaco, además de ser un cerebrito. No quiere saber nada con la lucha armada, pero nos ayuda cuando lo necesitamos.

—Mirá vos, jamás hubiera dicho. Parece re mala onda. Además no tiene nada que ver con el resto.

—Sí, pero no. Blas es el típico ejemplo de "las apariencias engañan". Si lo conocieras mejor entenderías de qué te estoy hablando. Quién te dice uno de estos días lo terminás conociendo y me entendés.

Muriel no imagina que en menos de un año este desconocido será quien la esté rescatando de la muerte y del espanto.

Desinteresadamente.

Un tenue rayo de luz brillando en la oscuridad.

17

El clima seco de las sierras de Córdoba resulta una bendición todo el año, especialmente si uno busca escapar del calor húmedo de Buenos Aires.

A mediados de los años veinte el abuelo de Santiago contrajo una tuberculosis que puso en riesgo su vida, por eso sus padres construyeron esta casa en Capilla del Monte y se vinieron a vivir aquí. Era el clima ideal para recuperarse de problemas respiratorios.

Una vez que el joven se curó, la familia volvió a vivir a Buenos Aires. Pero conservaron la casa como casa de veraneo. Ubicada de frente al cerro Uritorco, a unas pocas cuadras de la estación de trenes y de la Iglesia, su estilo híbrido podría definirse como racionalista criollo. Es amplia, cómoda y monacal.

La madre de Santiago y su hermana mayor, María Eugenia, preparan un *lemon pie* en la cocina mientras Muriel y Patricia tocan el piano en el living. Santiago se fue al pueblo con su padre a hacer unas compras y Juan Carlos (el esposo de Eugenia) sacó a pasear a su hija de cuatro años.

Son las once de la mañana del diez de enero.

—¿Has venido muchas veces a veranear aquí Pato? Esta casa es preciosa. —dice Muriel mientras mira las fotos colgadas en la pared buscando a Santiago en ellas. Las distintas versiones de Santiago.

—Maso. Esta es la tercera vez que vengo, pero es como si hubiera venido mil veces. Me siento muy cómoda con ellos sabés.

Lo que pasa es que con César y Santi somos más que amigos, es como si fuéramos hermanos. De verdad. Integramos a nuestras respectivas familias, y entre todos terminamos siendo una gran familia. ¿Viste? —Mientras habla Patricia toca el piano como si estuviera acariciándolo, suavemente—. Con César nos conocemos desde la adolescencia y con Santi de la facu, pero me parece que los tres sentimos que nos conocemos de toda la vida.

Si bien Patricia es sólo cuatro años mayor que Muriel, la trata con cariño y deferencia. Como si fuera mucho más joven. Muriel disfruta el trato. Patricia es la hermana mujer que le hubiera gustado tener y nunca tuvo.

—Qué linda pareja hacen con Santi, gringa. Estoy feliz de verlo tan enganchado, de verdad. Nunca lo había visto así, sabés. Es un hueso duro de roer el guacho, creeme. Puedo dar fe. Pero para qué andar dándote detalles ¿no? ¡De ninguna manera! Lo que sí puedo decirte es que es así. Que está muerto con vos, no hay caso. Así que por propiedad transitiva ahora vos has pasado a ser para mí algo así como una hermana también. —Sonríe, guiñándole un ojo.

—No sabes lo que significa para mí lo que estás diciendo Pato... No puedes imaginártelo, de veras. Gracias.

—No tenés nada que agradecer, pavota. Vos te lo ganaste. —responde Patricia cariñosamente—. Tengo que confesarte que los gringos en general no me caen del todo bien, para qué te voy a mentir... Pero hay que reconocer que vos sos encantadora, y resultaste ser la muestra viva de lo estúpidos que pueden ser nuestros prejuicios. Al final lo que cuenta no es la nacionalidad, sino nuestra humanidad. Es así nomás...

Muriel se sienta sobre el banquillo a su lado.

Patricia la recibe con un abrazo.

La joven no termina de acostumbrarse a las demostraciones de afecto tan intensas de los argentinos. Le cuesta entregarse a sus abrazos, pero los brazos de Pato son tan cálidos y confiables que se entrega a ellos sin dificultad.

—Además, hay que reconocer que estás siendo muy valiente involucrándote así con nuestra causa, que en definitiva no es tuya... Y más considerando que podrías volver a Perú, o a Estados Unidos, y vivir tranquilamente sin los atropellos ni los disparates de este país... —dice mientras le acomoda el pelo tras sus hombros.

—No es así Pato. Hay causas que no son personales, son universales. Además, ustedes también se han transformado en una familia para mí. Yo nunca creí demasiado en los lazos sanguíneos, sabes. La vida me ha enseñado desde pequeña que los vínculos que realmente importan son los del amor y la confianza. Yo no tuve eso en mi familia. Créeme.

—Linda gringuita. Muy linda. Bueno, pero escuchame, y escuchame bien. —Pasa una pierna por encima del banco para sentarse de frente a ella—. Tenés que tener más precaución en la elección de tu repertorio sabés. En los momentos que corren no podés andar tocando canciones de Silvio por las plazas de Buenos Aires, así, como si nada. ¿Me escuchás? Si cantás a Sinatra o a Elvis siendo *yankee* nadie va a sospechar de vos, pero si cantás a Silvio vas a atraer la atención, boluda. Camuflate un poco, por Dios. No entiendo cómo Santi no te lo ha dicho todavía.

—¿Qué tienes tú contra Elvis, argentinita prejuiciosa? Pueden ser terribles ustedes los militantes de izquierda eh... —Se acerca para zarandearla, riendo—. No me toques a Elvis porque te advierto que defendiendo su honor puedo transformarme en una *yankee* recalcitrante, en un instante. Yo amo a Elvis, y lo amaré toda la vida. Fue mi primer amor. Después de mi padre, claro.

—Ah bue... ¡tenía que mostrar la hilacha la gringa! No puedo creer tener frente a mí una auténtica fan de Elvis, hecha y derecha... ¡Que desastre! —Patricia se sacude aferrándose a su estómago para resistir las sacudidas de su amiga mientras le hace cosquillas.

Muriel evocará este momento un millar de veces en un futuro, coloreándolo de alegría o de nostalgia según su estado de ánimo. Si los acontecimientos se precipitaran de otra manera lo recordaría como un momento más, una anécdota entre tantas. Pero el hecho de que eesta sea la última charla íntima hará que las palabras resuenen en su memoria de una manera distinta, ardiente y punzante. Dolorosa.

18

—Tengo una mala noticia, y una buena Titita. ¿Con cuál quiere que comencemos?... ¿Con la mala? Okey, pero mire que no va a gustarle eh... No vamos a ir para mi cumpleaños mamacita... Sí, ya sé... Ya sé que se lo había prometido, pero le juro por lo que usted más quiera que ni bien nos sea posible allí estaremos, y no sólo de visita sino para quedarnos. Al menos por un tiempo, hasta que las cosas se calmen un poco aquí...

Santiago le hace gestos con las manos recordándole que hay ciertas cosas que no puede hablar por teléfono ya que es muy probable que las líneas estén intervenidas. Muriel pide disculpas gestualmente y retoma la conversación.

—Bueno, ahora la buena noticia. Esta sí que va a gustarle. O eso espero... ¿Está sentada Titita? ¿Seguro?... Bueno, ahí va. ¡Estoy embarazada!... Sí, como escuchó... Embarazadísma... Claro, ya está confirmado... Calculamos que para finales de octubre... Sí mamacita, estoy feliz. Muy contenta... No llore Titita... ¿No está contenta de que va a ser abuela?... Bueno, si es de la emoción está bien... Llore tranquila, todo lo que quiera... Sí... Yo creo que va a ser un varón. Pero vio cómo son estas cosas, uno nunca sabe hasta que nace... Los otros días me desperté con un nombre en la cabeza. Tomás. Así que supongo que va a ser un varoncito nomás, Tomás.

Santiago se acerca para tocarle la panza. Sonríe orgulloso.

—Acá Santi le manda un beso grande Titita. Se siente un poco culpable por haberme secuestrado de esta manera, así que aproveche y vaya pensando algún trabajo que necesite hacer en la casa para cuando vayamos ¿sí?... Sí, si usted viera cómo se las arregla de bien con las manos. —Sonríe pícara—. De veras, va a sorprenderse... Bueno Titita la tengo que dejar. En un par de días vuelvo a comunicarme, ¿sí? Mándele mis saludos a las tías, ¿sí? Las extraño, pero ya estaré por allí prontito. Y con el bebé en brazos. La quiero mamacita. Cuídese... Sí... Yo me estoy cuidando. Quédese tranquila que yo sé cuidarme, y además acá Santi me mima y me cuida también...". Cuando corta la comunicación Muriel mira a los ojos a Santiago y lo abraza en silencio. Un silencio tenso. Aún aferrada a él le dice:

—Ay Santi, no sé... Tengo miedo. No sé si estará bien lo que estamos haciendo. ¿No deberíamos irnos ya... Proteger al bebé?

Callado, Santiago la rodea con sus brazos.

—Tranquila gringuita. No hay mal que dure cien años. Vamos viendo. Si la cosa se pone muy fea nos vamos, te lo prometo. Vamos viendo, ¿sí?

—Dale. Vamos viendo. Pero prométeme que vas a ponernos a nosotros por encima de la causa. Prométemelo.

Santiago la suelta.

—Si lo ponés en esos términos no puedo prometerte nada Muriel. No lo plantees así, por favor. Yo a la causa no voy a traicionarla, nunca. Como tampoco te traicionaría a vos. Son cosas distintas. Si me pedís que renuncie a lo que creo, me estás pidiendo que renuncie a mí mismo. Y no podés, ni debés pedirme eso.

—No te estoy pidiendo eso Santiago. Te estoy pidiendo que cuides tu vida, y la nuestra. Porque ahora la vida de un tercero depende de nosotros. Y sin vida no hay causa. Debe haber otra manera de colaborar con la causa...

—Ay mi amor, no discutamos más, por favor te lo pido... —Santiago vuelve a abrazarla besándole el cuello—. Ya vamos a encontrar la manera, te lo juro. No dejemos que estos milicos hijos de puta nos caguen también la felicidad de este momento.

Te amo con toda mi alma gringuita, como jamás amé a nadie. Y te juro que daría la vida por ustedes. Quedate tranquila. Vamos a estar bien, ya vas a ver. Vamos a estar bien.

Muriel se deja abrazar sin convicción. Sus ojos vidriosos posados sobre la ventana.

19

El casamiento se lleva a cabo en la Parroquia Santo Tomás Moro, la que queda en la calle Urquiza en Vicente López.

Corta y conmovedora, la ceremonia recién termina. El cura párroco Pablo Tissera acaba de casar a una pareja de militantes, y los integrantes del grupo de Cusco más otros miembros de la agrupación Montoneros saludan a los novios en el atrio.

Como hay rumores de posibles operativos militares en los próximos días, el clima después de la ceremonia se ha enrarecido. No querían arruinarles la boda a los novios, por eso los informantes esperaron a que terminara la ceremonia para hacer circular los rumores.

Ajena a lo que la rodea Muriel charla en un pequeño grupo junto al Padre Tessera y algunos miembros de la familia de Patricia, que están aquí porque la novia es prima de Pato.

—Bueno gringa, a ver cuándo los veo a ustedes por acá que esa panza está enorme eh…. ¿De cuánto estás?

—De siete meses Padre. Es impresionante cómo vuela el tiempo. —Muriel se agarra la panza sonriendo—. Falta poquísimo para que nazca. Ya veremos.

—¿Tienen nombres pensados?

—Sólo si es varón. Porque estoy segura que va a ser varón…

—Probablemente. Estás muy bonita Muriel, y dicen que cuando una mujer se pone tan bonita durante el embarazo es porque está esperando un varón. ¿Y cómo se llamará la agraciada criatura?

—Fíjese que coincidencia Padre, se va a llamar Tomás. Como Santo Tomás. Hoy cuando veníamos para aquí reparé en esa coincidencia. Hace meses que tenemos elegido el nombre.

—Bueno hija, que Dios bendiga a Tomás, y a la familia que están formando con Santi —dice el cura mientras impone una mano sobre su panza haciendo el signo de la cruz. En ese instante la panza se sacude.

—¡La pucha que se mueve esta criatura hija! Mejor, señal de que va a ser sanita.

Todos se ríen. Muriel se agarra la cintura.

Luego de la ceremonia un pequeño grupo de familiares y amigos se juntan a comer, bailar y beber en lo de Ditson. Muriel y el hermano de Pato tocan la guitarra mientras el resto canta y come empanadas.

Juntos, por última vez.

El recuerdo de Patricia vestida de fiesta, sonriente y bonita, quedará grabado a fuego en su memoria. Así elegirá recordarla siempre.

20

—Gringa, mi amor... escuchame... despertate. Es importante.

Santiago acaricia a su mujer en la frente mientras le susurra al oído. Son las tres y media de la mañana del día posterior a la fiesta en lo de Ditson.

—Concentrate amor. Vení, levantate... acá te hice un café para que te despiertes y puedas escuchar bien lo que tengo que decirte.

—¿Qué pasa Santi? Qué cara tienes mi amor... ¿qué ha pasado? —murmura Muriel somnolienta. Se frota los ojos intentando enfocar la mirada.

—Escuchame, y escuchame bien Muriel. Tengo que irme. Acabo de enterarme que Patricia está en peligro y tengo que ir a buscarla para llevarla urgente a un lugar seguro. —Muriel se agarra la panza—. Acaban de avisarme que hay un operativo planeado para esta noche y yo soy el responsable de su seguridad. Si mañana por la mañana no aparecí, a las diez de la mañana en punto... —Habla bien despacio para que Muriel lo entienda bien y se incrusten en su memoria cada una de sus palabras—. Si a las diez de la mañana en punto no estoy de vuelta te hacés un bolso y rajás de acá. Te llevás los pasaportes, el verdadero y el falso. ¿Me escuchás?

Muriel cierra los ojos y los tapa con sus manos sacudiendo la cabeza de un lado a otro. Luego vocifera mientras revolea una almohada. La taza de café cae al piso.

—¡No! ¡No voy a escucharle! ¡No quiero escucharte *fucking son of a bitch*! No pienso escucharle. Esto no está pasando. *You are not going anywhere*. ¿Se entiende? *No way.*

—Shhh gringa… ¡bajá la voz por Dios! Lo único que falta es que nos delaten los vecinos. Calmate y escuchame bien. Ya tengo todo organizado. Acá tenés un sobre con guita, te lo dejo sobre la mesita de luz. Si a las diez no llegué te vas a la capilla del Hospital Rivadavia que está acá sobre Las Heras. —Señala hacia su derecha—. Y esperás que aparezca Blas. Nosotros tenemos un grupo de gente colaborando con la causa ahí, y Blas es quien va a estar esperándote. ¿Te acordás de él? Estaba el día del cumple de Pato en lo de Ditson.

—¿Qué Blas? ¿De qué me está hablando Santiago? Ya te dije que no quiero escucharle. —Muriel se desliza escondiéndose bajo de las sábanas.

—No seas infantil gringa… ¡por Dios! No tenemos tiempo para esto. Por favor te pido. Te lo suplico…

La voz de Santiago se vuelve un hilo a punto de cortarse. Muriel saca lentamente la cabeza fuera de su improvisado refugio.

—Gracias mi vida. Sabés que te amo con locura. Estoy desesperado. Por favor escuchame bien, y hacé exactamente lo que te digo: si mañana a las diez de la mañana en punto no volví ni me comuniqué con vos de alguna manera eso no quiere decir que no vamos a vernos de nuevo. Quiere decir que hubo algún tipo de complicación, pero que vamos a reencontrarnos dentro de un tiempito en el norte. Yo voy a estar guardado un tiempo en algún lugar limpio con Patricia, y después nos encontramos en el norte del país. Te lo prometo. Blas es el encargado de llevarte a Jujuy, y desde allí cruzarnos por la frontera, juntos. Nos volvemos a Cusco mi amor, y Tomás nace allá.

Muriel se tranquiliza. Santiago ha encontrado las palabras justas.

—Entonces… ¿Entendiste bien? Si yo no pude volver, ni comunicarme con vos de alguna manera antes de las diez te vas para el Rivadavia y esperás en la capilla a que aparezca Blas. Blas es ese pibe que conociste en lo de Pato a fin de año. ¿Te acordás? El médico del Rivadavia, más grande, medio parco...

Sondeando en su memoria Muriel duda. De pronto lo recuerda.

—Sí... Me acuerdo. ¿Pero por qué él? Casi no lo conozco... ¿No puede venir alguno de los chicos? Eso me daría más confianza...

—Porque él es quien tiene los contactos en el norte, y puede ayudarnos a cruzar la frontera. Quedate tranquila que es de confianza, y sabe perfectamente lo que tiene que hacer. Te camuflás un poco y te vas para la capilla a encontrarte ahí con él. A esa hora la capilla va a estar abierta, así que no vas a tener problemas para pasar. Llevá lo mínimo indispensable. Ah... Y una cosa más... Es importante. Yo sé que lo que voy que pedirte es duro para vos gringuita, pero creeme que tenés que hacerlo: No te lleves la guitarra. ¿Me escuchás? De ninguna manera podés llevártela.

—¿Cómo que no puedo llevarme la guitarra? ¿Estás loco? Es lo único que pensaba llevarme.

—Esa guitarra es muy buchona. Si estos hijos de puta hicieron mínimamente bien su laburo, con la guitarra tienen cómo rastrearte. Son muy pelotudos, pero no tanto. Tenés que dejarla. Creeme, llevarla te puede costar la vida.

Muriel se levanta con esfuerzo de la cama y se dirige hacia la puerta agarrándose la cintura. La panza cada vez le pesa más.

Aliviado Santiago sigue sus pasos. Cree haberla convencido, pero cuando llegan a la puerta ella se da vuelta bloqueándole el paso.

—Santi, ahora escúchame tú a mí. Si te vas ahora no vamos a volver a vernos, nunca. Lo sé. No me preguntes cómo, pero lo sé. No te vayas. Por favor te lo pido. Encontremos otra manera. Tú me prometiste que ibas a encontrar la manera. —Mientras habla se aferra con ambas manos al marco de la puerta y las lágrimas comienzan a rodar por sus mejillas. Su voz es trémula, pero decidida.

—Negra, no me hagas esto. Por favor te lo pido. Me estás matando. Me estás pidiendo que abandone a una compañera en peligro, que además sabés es como una hermana para mí. Que nos rajemos en medio del incendio para salvar nuestro pellejo, abandonado a los nuestros. Vos sabés mejor que nadie que yo no puedo hacer eso... Si no volvemos a vernos es porque estoy muerto gringa. Sólo así. Y entonces podrás decirle a nuestro hijo que su padre murió entregando la vida por los suyos, que es lo mismo que haría por ustedes si estuvieran en la misma situación.

Muriel se tapa la cara con las manos ahogando el llanto. Comienza a llorar desconsoladamente. Los estertores de su llanto le sacuden todo el cuerpo.

Santiago la abraza acariciando su cabeza y luchando por no quebrarse. La deja llorar.

—Mi gringuita... dale che. Hay que ser fuertes carajo, por nuestro hijo. Además, no puede dejar ir a su hombre al frente así mujer. Vamos... Todo va a salir bien, ya vas ver.

Muriel se recompone. Se frota la nariz con ambas manos y luego las desplaza por sus mejillas limpiándose el llanto.

—Okey. Okey, okey. —Inhala profundo. Suspira—. Todo va a estar bien. Sí, todo va a salir bien. Yo prometo cuidarme. Quédate tranquilo *my darling*. Yo voy a hacer exactamente lo que me has pedido, absolutamente todo. Vete tranquilo. Y si mañana a las diez de la mañana no has vuelto me largo de aquí. Agarro mis documentos, dejo mi guitarra, y voy a encontrarme con ese tal Blas del Rivadavia. Lo prometo. —De pronto se detiene a pensar—. ¿Y qué hago si el tal Blas no aparece?

—Si Blas no aparece estamos jodidos. Pero no te preocupes, porque eso no va a pasar. Él va a aparecer. Blas siempre aparece.

—Okey. Necesito que te vayas tranquilo para que puedas actuar con claridad *my dear*, y que todo salga bien. Quédate tranquilo. Yo estoy bien. Me he recompuesto. Estaba dormida, eso es todo. Pero ahora estoy perfecta, ¿Ves?

Levanta ambas manos forzando una sonrisa y luego lo toma de una mano para guiarlo hacia el living. Una vez allí lo abraza con fuerza, le da un largo beso en la boca mientras acaricia sus mejillas.

—Nos vemos más tarde mi amor —le dice, y caminando hacia

la puerta le suelta las manos. Descorre el cerrojo y abre la puerta de calle invitándolo a pasar.

Él sonríe agradecido. Atraviesa el umbral rápidamente porque sabe que si no lo hace así, de un tirón, no podrá hacerlo.

—Nos vemos más tarde mi vida. Te amo.

Un segundo después agrega: —Mi amor, escuchame... Una cosa más... Si Blas no aparece mañana en el Rivadavia no te acercás a nadie que no sea él ¿Me entendés? A nadie. Salvo que sea uno de los nuestros, obvio. Si aparece un desconocido diciendo que viene de parte de él estate segura que es una embocada. En ese caso todo salió como el reverendo orto y vienen por vos. Entonces te hacés la boluda, le decís al flaco que se equivocó y te vas con tu pasaporte original a la embajada de Estados Unidos. Te rajás del país. Volvés a Estados Unidos. Sos una ciudadana americana. Eso te protege. ¿Entendiste mi amor? No te acercás a nadie que no sea el mismísimo Blas que conociste en la fiesta de Pato. Su aspecto es inconfundible, así que no te podés equivocar. Y si alguien se acerca diciéndote que viene de parte él te haces la pelotuda y rajás. ¿Entendido? La embajada queda cerca, así que te tomás un taxi y en dos minutos estás ahí. Igual eso no va a pasar... Quedate tranquila. —Vuelve sobre sus pasos tomándola de las manos—. Blas va a aparecer, y vos de una manera u otra vas a salir del país, conmigo o sin mí.

Entonces se quiebra y atraviesa el umbral de la puerta para abrazarla.

—Perdoname gringa —dice ahogando el llanto—. Perdoname por el flor de quilombo en el que te metí. Te juro que me mata irme así, en la mitad de la noche, con esta panza enorme que tenés... Te aseguro que te amo como jamás pensé se podía amar a alguien en la vida. Sos un minón, lo mires por donde lo mires, y no te merecés esto.

—Tranquilo *darling*. No tengo nada que perdonarte. Sólo tengo gratitud hacia ti. —Le sonríe mientras se seca las lágrimas con la manga de su *sweater*—. Agradezco tu amor, mi amor, nuestro hijo... Yo tampoco creí que se podría amar así. Además, finalmente conseguí lo que quería, ¡nos vamos a Cusco con Tita! —Le acaricia el pelo—. Sos un poco cabeza dura, pero finalmente lo entendiste. Hasta que las cosas se calmen viviremos en Cusco. —Lo abraza por última vez.

Santiago suspira.

—Gracias mi amor, ahora puedo irme más tranquilo. Tenía la necesidad de pedirte disculpas atragantada acá. —Se lleva ambas manos hacia la garganta.— Y no me había dado cuenta.

—Ve tranquilo amor, nos vemos prontito. Todo va salir bien. Mándale saludos a Pato de mi parte, dile que la quiero. Tranquilo *my darling. I love you.*

Al cerrar la puerta Muriel apoya la frente contra la mirilla sacudiendo la cabeza de un lado a otro.

Temblorosa, cierra los ojos.

El techo se le cae encima. El alma a los pies.

21

Se siente un gato encerrado dentro de una caja de zapatos.

A medida que las horas avanzan le parece que el reloj en su cocina suena cada vez más fuerte. Las agujas repiquetean en su cabeza como un taladro.

Va a volverse loca.

Desde que Santiago se fue a las cuatro y media de la madrugada no ha hecho otra cosa que caminar de un lado al otro del departamento asediada por malos pensamientos.

Se acerca la hora señalada.

Repasa en su cabeza una y otra vez los detalles del plan. Los pasaportes. La guitarra. La plata. Agarra el sobre y lo mete en su cartera. Revisa por enésima vez que estén los pasaportes en el bolsillo interior de su mochila. "No puedo llevar la guitarra", se dice. "Muriel, no seas estúpida, no puedes llevarla. Recuerda lo que dijo Santi. No puedes llevarla". Toma la guitarra entre sus manos para sacarla de la funda y llevarla hasta su pecho por última vez, pero no lo hace. No debe apegarse a ella. Tiene que soltarla, ya. Con estoicismo la apoya sobre la mesa.

Piensa en llamarla a Tita. Santi no dijo nada respecto a eso, si podría llamarla o no. Pero su sentido común le dice que no. Las líneas telefónicas seguramente ya están intervenidas.

Se acerca a la cocina para chequear la hora. Son las diez de la mañana en punto. Levanta el tubo del teléfono junto a la heladera para chequear una vez más si funciona. Cuelga y vuelve a intentarlo un par de veces. Desiste. La tristeza y la impotencia la embargan.

Se agarra la panza. Cierra los ojos. Suspira.

Un suspiro largo y definitivo.

22

Al bajar por el ascensor una puntada en el bajo vientre la obliga a inclinarse y apoyarse contra el espejo. Se mira en él.

—Vamos Muriel, tú puedes con esto... Sé fuerte carajo, —le dice a su reflejo—. Claro que puedes. —Se incorpora para tomarse la panza—. Calma mi niño. Calma. Estamos yendo a encontrarnos con *Daddy*. Todo va a salir bien. Tranquilo...

Es septiembre y todavía hace frío.

Mientras camina hacia Las Heras se pregunta si habrá traído suficiente abrigo. La puntada en el ascensor le ha recordado la inminencia del parto. ¿Habrá sido una contracción eso? ¿Serán así las contracciones? Bueno, vayamos de a una cosa a la vez, se dice. Por ahora resolvamos esta situación, y después vemos qué pasa con esto de las contracciones.

Cuando llega a la esquina se da vuelta para mirar por última vez su balcón. Observa la cuadra y los detalles que hasta ese momento le habían parecido ordinarios, se le revelan ahora como extraordinarios. Los árboles, los vecinos, el kiosco de diarios. La escalinata de ingreso al Rivadavia. Todo se vuelve extraordinariamente especial y bello.

Junta valor, dobla en Las Heras sintiendo el frío en la nariz y el miedo en las entrañas.

Avanza decidida.

23

Al ingresar a la capilla lo primero que ve es un confesionario labrado en madera empotrado en la pared. La inquieta la posibilidad de que pueda haber alguien escondido allí, así que relojea si está vacío.

Cuando se gira para caminar hacia el altar ve sobre uno de los bancos de la primera fila a una mujer y un hombre sentados de espaldas a ella.

El hombre es Blas, lo reconoce al instante. Su contextura física es inconfundible. Cuando la escuchan ambos giran sus cabezas para ver quién entró en la capilla. Él se levanta mirando su reloj pulsera mientras la mujer (aún sentada a su lado) enjuga el llanto con un pañuelo azul, está llorando. Entonces él se agacha dándole un cálido apretón de manos. Le sonríe con los ojos dándole confianza. La mujer se levanta y lo abraza. Luego se limpia la cara y se retira sigilosamente mirando hacia abajo. Cuando pasa junto a Muriel no la mira.

Blas se acerca, callado y circunspecto.

—Hola Muriel. Soy Blas. —Le extiende una mano—. A partir de ahora te llamás María.

—Ah, bueno... okey, María. —Muriel se muestra sorprendida—. Hola Blas. ¿Tenés alguna novedad para mí? —Se aferra a la mano de Blas, ansiosa por noticias. Está desesperada por saber cómo está Santiago.

—Acá no. Tenemos que irnos. Te cuento en el camino. —Él le suelta la mano suavemente, encarando la salida—. Vamos. Pero antes tapate el pelo con un pañuelo o algo, lo que sea... El frío va a ser una buena excusa. Supuestamente tenías que teñirte el pelo, pero bueno, ya está. Estamos jugadísimos.

Muriel se siente culpable. No se le ocurrió camuflarse de manera tan radical. Pide disculpas.

—Ya está, no te preocupes. Pero tapate. En el camino compramos tintura.

Muriel busca en su bolso una bufanda gris y se tapa la cabeza con ella. A medida que caminan por las calles internas del Rivadavia él le pregunta: —Tenés los documentos que te mandaron a hacer ¿no?

—Sí.

—Perfecto.

—¿A dónde vamos?

—Cuanto menos sepas mejor María. Cuando estemos fuera de peligro te contesto lo que quieras, pero por ahora es mejor que no sepas nada.

Luego de caminar un par de metros Muriel se detiene para agarrarse la panza. Se inclina hacia adelante.

—¿Estás bien? ¿Te sentís bien? —Su tono de voz cambia, se vuelve dulce y amable.

—Más o menos. Es la segunda puntada que tengo en el día. No sé qué me está pasando...

Los ojos de él se entornan mientras piensa unos segundos.

—¿De cuánto estás?

—Siete meses.

—¿Sos primeriza no?

—Sí...

—Deben ser contracciones. Vení, en el auto tengo algo para darte. Por las dudas vine preparado. Me dijeron que estabas de seis meses, pero ante un gran estrés como éste las contracciones pueden dispararse. Traje pastillas para eso, por las dudas.

Cuando están por pasar la barrera del hospital rumbo a Las Heras Blas la toma de un brazo y le dice: —Yo laburo acá. Si te preguntan, sos la mujer de un amigo y te estoy acercando a un taxi porque te cuesta caminar.

—¿Ya se va doctor? Casi no lo reconozco sin el guardapolvo y acompañado de esta preciosura. ¿Es su señora? ¿Están esperando familia? ¡No estaba al tanto! —pregunta el guardia.

—No Jesús. Es la mujer de un amigo. Vino a hacerse un monitoreo y la estoy acercando al taxi.

Los brazos de Blas se vuelven una balsa en la tormenta. Muriel se aferra a ellos con fuerza.

TERCERA PARTE

Alétheia

1

—Pienso que a la noche vamos a estar llegando a Pergamino. Aprovechá para descansar María. La pastilla va a empezar a hacer efecto en un rato y te va a ayudar con las contracciones, pero necesitás reposo. Dormí un poco.

Blas la insta a descansar sabiendo que Muriel está bajo mucha presión y necesitan evitar que se desencadene el parto. Además, tuvo otro par de contracciones al salir de Buenos Aires y un viaje tan largo podría ser peligroso.

Piensa darle la mala noticia cuando lleguen al hotel. Quiere privacidad, y que pueda descansar tranquila, era obvio que no había dormido en toda la noche.

—En el hotel miramos las indicaciones de la tintura, y si querés te ayudo a teñirle el pelo. Vamos a tener que parar a dormir mínimo tres noches durante el viaje. Primero en Pergamino, después en Villa Mercedes y por último en Belén.

—Okey. Gracias. Muriel casi no habla. Intuye que el silencio de Blas respecto a Santiago no es precisamente un buen augurio. Intentó un par de veces sacarle información sobre su paradero, pero fue como toparse con un muro. Mira el paisaje a través de la ventanilla del auto intentando metabolizar la idea de que Santiago haya muerto, pero le resulta insoportable.

Blas intuye lo que está pensando, pero decide callar. Mejor así. Que lo vaya asimilando de a poco. En silencio.

Entrada la madrugada llegan a Pergamino.

2

Piden una suite con cama matrimonial para no llamar la atención, pero él planea dormir en el piso. Luego de revisar un poco la habitación junta valor y se decide a encarar la charla.

—¿Cómo te sentís María? ¿Estás mejor?

—Sí. Me duele bastante la espalda, pero no volví a tener contracciones. Me hizo bien dormir un poco.

—Bueno, vení. Sentate acá che. —Señala la cama—. Ahora que estamos solos y descansaste un poco puedo contarte todo… —Cruza los brazos sobre el pecho. Muriel se sienta sobre la cama. El tono grandilocuente de Blas confirma sus sospechas. Acongojada, se lleva una mano hacia la boca y las lágrimas comienzan a rodar por sus mejillas.

—Decime…

—Santiago cayó en acción María. Llegó a buscarla a Patricia justo en el momento en que se la estaban llevando, y como trató de impedirlo lo bajaron.

—No me llamo María *you fucking son of a bitch*—grita Muriel furiosa—. Deja de llamarme María *fucking son of a bitch, my name is Muriel*. ¡Muriel! ¡Muriel…! —Le repite su nombre mientras se tapa la cara, llorando.

Blas se acerca para intentar apoyar una mano sobre su cabeza pero Muriel lo aleja bruscamente abalanzándose sobre una almohada. Se aferra a ella para replegarse en posición fetal.

I hate you, I fucking hate your cause, and your fucking country. Crazy fucking country. Hate you all. — ¿Porqué me hiciste esto Santiago, por qué. Yo te lo dije, y no me escuchaste. *Fuck you. Fuck you. Fuck you Santiago...* —Pasa de la furia al llanto alternadamente, una y otra vez. Hasta que poco a poco se va sumergiendo en un sopor nauseabundo. Respira con dificultad.

—¿Estás bien Muriel? —Sentado junto a ella Blas intenta conservar la calma.

Muriel se levanta de la cama para dirigirse hacia el baño. Al llegar a la puerta responde abatida, y sin darse vuelta: —No. No estoy bien. Y no vuelvas a llamarme María, nunca más. Soy Muriel, y si tienen que matarme por eso, que me maten. —Ya con la mano en el picaporte se da vuelta para mirarlo—. Me habrán quitado a Santiago. Pero nadie, escúchame bien, nadie va a quitarme mi nombre. ¿Está claro?

—Okey Muriel, está claro. Usaremos María sólo en la frontera, o cuando tengamos que usar el documento. Porque eso sabés que tenemos que hacerlo... ¿No?

—Sólo entonces. Pero ahora no Blas. Ahora estamos en una habitación de hotel, y acabas de informarme que el padre de mi hijo está muerto. Llámame por mi nombre, es lo mínimo que espero de ti. Me llamo Muriel. —Mientras cierra la puerta vuelve a decirlo una vez más, con la voz quebrada: —Me llamo Muriel.

Blas se acerca y apoya la frente y las palmas de sus manos sobre la puerta cerrada. Escucha el sonido del agua llenando la bañadera. Balancea el peso de su cuerpo de un lado a otro, indeciso. Amaga con decir algo, pero desiste.

No encuentra las palabras.

Escuchar el llanto ahogado de Muriel del otro lado de la puerta lo hace desistir del impulso. Calla y suspira. Evidentemente ella necesita intimidad para llorar tranquila.

Exhausto, se deja caer sobre un sillón raído ubicado a los pies de la cama y se queda dormido allí.

3

Cuarto día de viaje.

Muriel abre los ojos unos pocos kilómetros antes de llegar a Tilcara.

Sucia y desaliñada, el nuevo color de pelo le da un aspecto inquietante. Rubia parece otra.

En cambio Blas está exultante. Tilcara es su lugar en el mundo. Cada vez que regresa aquí puede sentir cómo su cerebro se oxigena y el cuerpo le vibra. Maneja silbando bajito, alegre y distendido.

—Buenas tardes. Dormiste una buena siestita che. ¡Bien!

—Buenas tardes… —Ella se despereza frotándose los ojos—. ¿Qué hora es?

Él mira su reloj pulsera.

—Las tres y media. Ya casi llegamos, no falta nada.

Muriel dirige su mirada hacia afuera. Los cerros de colores del otro lado de la ventanilla se le revelan como una mujer bella y desnuda, recostada de costado. La imagen la sorprende.

—¿Puedo abrir la ventana?

—Sí, claro. Sentí el aire fresco de los cerros Muriel, te va a hacer bien. Vas a ver: la Quebrada lo cura todo.

—¿Todo? Mmm… no creo. Todo no creo.

Baja el vidrio, saca la cabeza por la ventanilla y cerrando los ojos inhala profundo. El aire fresco la rescata. El sol en la cara y el viento acariciándole el pelo le generan una vaga sensación de paz. Hace un millón de años que no se sentía así.

—La casa de Fortunata es amplia y luminosa. Te va a gustar, vas a ver. Además, ella es una delicia de mujer. Es mi tía paterna. —Ahora que Muriel se despertó decide acelerar para llegar lo antes posible—. Vas a parar un tiempito en su casa, hasta que las cosas se calmen un poco. La idea es cruzarte por la frontera hasta Bolivia, pero más adelante. Ahora no es un buen momento. Tu panza está demasiado grande y lo de las contracciones no me gusta nada. ¿Tuviste alguna hoy?

—Una sola.

—Sí, pero ayer tuviste tres. Con pastilla y todo. Tenés que hacer reposo Muriel. Fortunata te va a cuidar, vas a ver. Necesitas descansar y juntar fuerzas. Pero eso sí, tenés que hacerte llamar María. Tu nombre es muy llamativo, y no queremos que nadie pueda rastrearte hasta acá. De ninguna manera. La gente habla, sabés... ¿Estás de acuerdo? Hasta que cruces la frontera tenés que ser María. Por favor te pido.

Muriel se agarra la panza y lo mira con expresión resignada.

—Lo que vos digas Blas. Estoy en tus manos. La verdad, yo ya no sé qué quiero. Así que lo que vos digas va a estar bien. —Lo piensa dos veces y agrega:— Pero hay algo que sí necesito hacer, y ya. Tengo que comunicarme con Tita. Por favor te lo pido. Yo sé que no debería llamarla. Pero tengo que poder aunque sea mandarle unas líneas. ¿Me llevarías al correo?

—Por supuesto. Obvio. Esta noche escribí unas líneas y mañana se las mandamos.

—Okey. Gracias. —Se inclina en el asiento para sentarse de frente a él—. De veras Blas, gracias. Gracias por todo. No sé qué hubiera hecho sin ti. *I swear*. Has sido un ángel. Y has tenido una paciencia infinita... —Luego del viaje el vínculo se ha afianzado, se los ve más cómodos y distendidos—. No me has conocido en la mejor de mis versiones.

Blas la mira y sonríe.

—De nada Muriel. Tranquila. Estás en una situación difícil, embarazada... Olvidate. Entiendo perfectamente. Lo importante es que pudimos llegar hasta aquí, y que vas a estar bien. Yo me quedo un par de semanas acomodando algunas cosas pero después tengo que volver a Buenos Aires.

—¿Te volvés? ¿Cómo que te volvés? ¿Cuándo? —pregunta Muriel inquieta. En estos pocos días se ha vuelto dependiente de él. Es la única persona con la cual cuenta, y la sola idea de que se vaya la abruma.

—Tranquila. Me voy pero vuelvo. Por supuesto, no te voy a dejar acá sin resolver la situación... Yo tengo que volver a Buenos Aires a trabajar, pero vos te quedás acá con Fortunata y te tomás el tiempo que necesites para recuperarte. Te estoy dejando con mi familia, que es como si estuvieras conmigo. Cuando estés en condiciones yo mismo vuelvo para cruzarte por la frontera. Te lo prometo. Pero ahora no sería prudente, más adelante.

Cuando llegan a Tilcara Blas gira a la derecha.

—Bueno, llegamos. La casa de Fortunata está cerca de la plaza. Nos debe estar esperando, le avisé que llegábamos hoy. ¡Por suerte vamos a llegar justo para la hora del té! Todos los días a las cinco de la tarde ella sirve el té con bollos, religiosamente. Así que llegamos justo. —Mira el reloj—. Perfecto.

"Definitivamente Tilcara le hace bien a Blas, parece otro..." piensa Muriel, asombrada por el cambio en la personalidad de su compañero de ruta.

<hr>

4

Ni bien entran en lo de Fortunata Muriel se siente como en casa.

La habitación principal que oficia a la vez de cocina, comedor y taller es enorme. Un rayo de luz ingresa por la única ventana iluminando unos baldes de colores adonde flotan distintas variedades de flores. Los baldes están por todos lados, pero el sector de la habitación donde el sol se posa sobre ellos hace que los baldes cobren vida volviéndose incandescentes. Esto le da un toque mágico a la escena.

Además de baldes con flores hay repisas de madera donde hay frascos y cuencos con piedras, semillas, granos secos y cortezas. El lugar está lleno de colores y texturas.

En el centro de la habitación apoyado sobre una inmensa mesa de madera hay un lienzo enmarcado de casi dos metros de alto por uno y medio de ancho con una escena bíblica dibujada en él. La escena está incipientemente coloreada con pétalos de flores, semillas de sésamo, quinoa, y granos de café. La completan cortezas de árbol y cáscaras de frutos trituradas. Es una imagen de la Virgen María con el niño Jesús en brazos. José está inclinado a su lado y hay ángeles, trompetas, y coronas rodeándolos.

—Pero qué belleza Fortunata, le están saliendo cada vez más lindas sus ermitas. ¡Cada año son más bonitas! —dice Blas entusiasmado.

Fortunata sonríe orgullosa.

—Es verdad Fortunata, qué belleza. Nunca había visto algo igual, y hecho con materiales provenientes de la tierra en su estado natural. Es maravilloso… —acota Muriel sorprendida.

Blas apoya sus manos sobre la panza de su compañera mientras mira a Fortunata diciendo: —Fíjese qué curioso tía: usted eligió hacer esta imagen este año… Y yo justo vengo a traerle una mujer llamada María, que está embarazada, y que viene de pasar la noche en Belén. Porque esa fue nuestra última parada anoche, dormimos en Belén.

Muriel y Blas se ríen.

—¿Qué querrá decir? —pregunta él en tono burlón.

—Curiosa coincidencia… —dice Fortunata sin tomarlo en broma—. ¿De cuánto está m'hijita?

—Siete meses.

La anciana andina se le acerca. Su andar es lento y pausado, pero seguro. Una incipiente joroba la hace parecer más vieja de lo que realmente es.

—Bienvenida a Tilcara mi querida. Los amigos de Blas son mis amigos, y acá la vamos a saber cuidar, a usted y a su bebé. Pero eso sí, ¡tiene que engordarme un poco pues! Está muy flaquita para estar preñada. Pero de eso ya nos vamos a ocupar…

Fortunata se para sobre la punta de sus pies para abrazarla (la joven es considerablemente más alta que ella) apoyando una mejilla sobre su pecho.

Muriel responde al abrazo con los ojos húmedos.

5

11 de septiembre, 1977, Tilcara, Jujuy. Argentina.
Dear Tita:
Le escribo aunque sea unas líneas para que se quede tranquila. No puedo llamarla por teléfono, por eso le
mando esta carta. No sé cuándo le estará llegando, pero
espero sea prontito. Mañana mismo se la mando.
No sé cómo decirle esto Tita, así que se lo digo sin ro-
deos: Las cosas aquí se han puesto muy feas, y tuvimos
que escapar de Buenos Aires. No podemos comunicarnos
por teléfono ni salir del país aún, pero quédese tranquila
que estamos bien. La panza sigue creciendo, y estamos en
un lugar muy bonito y seguro en el norte del país. Nos
hospeda gente muy buena, y el plan es volver a Cusco ni
bien nos sea posible.
Quédese tranquila que yo estoy bien, y la voy a mantener
informada de las novedades importantes.
Tomás se mueve en la panza, parece que anda queriendo
salir. Pero no se lo vamos a permitir ¿no es cierto? Es
muy pronto aún.
La quiere y la extraña con locura,
Muriel.
P.D.: Cómo me gustaría que estuviera aquí conmigo mamacita, no se imagina…

6

Al comienzo Muriel duerme días enteros, recuperándose del cansancio del viaje y el estrés de la huida.

Fortunata la acomoda en una habitación junto a la suya para poder cuidarla mejor. Le lleva comida, la tapa con mantas de lana de llama y se sienta al borde de su cama velando sus sueños. Con el correr de los días su presencia se va transformando en un territorio afable adonde la joven reposa tranquila, regenerándose.

Los primeros días se despierta con pesadillas, empapada en sudor y llanto. Fortunata le acerca paños fríos, le seca el sudor de la frente y le canta canciones de cuna como si fuera una niña.

A pesar de ser tan distinta a ella (su cabello es demasiado claro y su figura demasiado escuálida y larga) la siente una hija. El dolor y el desamparo acortan distancias. Además, la gringa parece el vivo retrato de su ermita.

Este bebé crecerá para transformarse en un ser muy especial, se dice. Ha llegado hasta aquí para nacer en su casa, protegido y a salvo. Esto no era casualidad.

Velar por su seguridad se vuelve su misión en la vida.

7

Como los primeros días Muriel casi no se levanta de la cama Blas decide respetar su intimidad saludándola desde el umbral de su cuarto.

Sonríe enigmático y sigue de largo. Una vez al día. Tiene mucho que hacer antes de volver a Buenos Aires y confía ciegamente en la capacidad de su tía para cuidar de la joven. Delega la tarea en ella.

En medio de sus ensoñaciones ella lo ve pasar y luego no distingue con claridad si su visión fue real o fantaseada.

La realidad comienza a mezclarse con los sueños.

8

Más tranquila y algo recuperada Muriel ayuda a Fortunata en la preparación de la ermita. Sentada del otro lado del lienzo va pasándole uno a uno los pétalos que la anciana andina va pegando dentro de la escena bíblica.

Su vista es increíblemente precisa a pesar de la edad.

Blas ceba unos mates. Cada tanto se levanta para buscar la pava que se calienta sobre el horno a leña y vuelve a sentarse.

El clima entre ellos es cordial y distendido.

—Bueno, me voy a hacer unas compras —dice Fortunata mientras se levanta para ir hacia unos ganchos donde cuelgan sus infaltables sombreros de paja. Descuelga uno y se lo pone—. Los dejo tranquilos, tendrán mucho que resolver pues. Nosotras podemos seguir después María. ¿Usted va a salir muy temprano mañana mi querido?

—Sí. Antes del amanecer. Tengo que llegar a Buenos Aires lo antes posible, ya que me demoré demasiado en volver. Pero en un tiempito estoy de vuelta tía, cuídemela a la María y al bebé ¿sí?

—Pero claro m'hijito. Vaya tranquilo. La María va a estar bien, y Tomás también. Deme un par de semanitas nomás, y se la devuelto como nueva... Ya va a ver.

Fortunata atraviesa el umbral de la puerta azul que da a la calle.

Muriel y Blas se quedan en silencio.

Es Muriel quien rompe el hielo:

—Blas, no sé cómo agradecerte. De veras... —Los labios le

tiemblan ligeramente—. No sé qué hubiera hecho sin ti... Y no sé cómo voy a hacer ahora que te vas. *Really*. Además, te viniste hasta aquí sólo para traerme, arriesgando tu vida. Y ahora tienes un viaje tan largo por delante... Interminable diría.

—No tenés nada que agradecerme Muriel. De verdad. Yo no participo ni acuerdo con la lucha armada, pero sí creo que es mi obligación ayudar a sacar del país a personas que estén injustamente en peligro. Y en cuanto al viajón, no te olvides que Fortunata es mi familia. Para mí cualquier oportunidad para volver a mi tierra y estar con los míos es buena. Conectar con ellos me hace volver a mis raíces, y me ayuda a recordar quién soy.

Muriel sonríe.

—Vas a estar bien. Tranquila. Lo peor ya pasó. Ahora tenés que esperar a que nazca Tomás, y en un tiempito los ayudo a cruzar la frontera. Tenés que volver a Perú y criarlo lejos de toda esta locura, lo antes posible.

—Sí... Y hablando de familia... —Muriel cambia el tono de voz—. ¿Tú crees que podrías ponerte en contacto con la familia de Santiago? —Parece preocupada—. Querría que les digas que siento muchísimo todo lo que ha sucedido, que me imagino cómo se estarán sintiendo ellos en este momento, y que les mando un gran abrazo... Diles que ni bien las cosas se calmen un poco de alguna manera voy a ocuparme de que conozcan a Tomás. Y que siempre van a tener abiertas las puertas de mi casa para vincularse con él...

Se detiene. Traga. Él se acerca y la agarra de las manos. En ese instante Muriel recuerda a la mujer en la capilla del Rivadavia, y se pregunta a cuántas personas habrá salvado además de ella.

—Blas, tal vez el destino algún día me permita devolverte al menos un poco de lo que tú has hecho por mí. Quién sabe. Ojalá. Quiero que sepas que estaré atenta.

Blas sonríe y se levanta. Le acaricia la cabeza a modo de despedida y se dirige hacia la puerta sin mediar una palabra más. Las muestras de afecto demasiado intensas lo incomodan.

Abre la puerta y se va.

9

Una vez recuperada Muriel se adapta rápidamente al ritmo de vida de Fortunata. La ayuda con las tareas del hogar que no requieren demasiado esfuerzo, y en la confección de la ermita.

Por las tardes se calza uno de los tantos sombreros de paja de la vieja andina y sale a pasear por las calles de Tilcara. Así recorre el pueblo: la plaza, la iglesia, los almacenes y las tiendas. Lo recorre en todo su perímetro, hasta la base de los cerros.

Los vecinos se acostumbran a verla pasar y con el correr de los días cada vez son más los que la saludan con una amable sonrisa. "Es la gringa esa que trajo el Blas de la Capital, la que está parando en lo de Doña Fortunata", dicen. "Qué bonita, y qué panza..." Nadie se pregunta qué hace en el pueblo, ni cuáles son sus planes para el futuro. Todos lo saben, pero nadie quiere saberlo.

El ritmo lento y pausado de los tilcareños va sumergiéndola gradualmente en un estado de conciencia en el cual la percepción del tiempo y de lo importante cambia radicalmente. Puede pasar horas sentada en el patio trasero de su casa, contemplativa, separando pétalos para la ermita.

El sol, el viento y el silencio se transforman en sus mejores amigos.

Hasta que esta recientemente conquistada paz se ve interrumpida por las contracciones, y el agua de la fuente teñida de rojo.

10

El trabajo de parto se desencadena a las tres y cuarto de la madrugada.

Primero siente un dolor agudo en la base de su espalda, como si un carbón se hubiera encendido de pronto en el centro de su médula irradiando un calor intenso y férreo.

Luego el agua deslizándose entre sus piernas, mojando las sábanas.

Sobresaltada se inclina en la cama para prender el velador y al destaparse comprueba con espanto que hay sangre en las sábanas.

Cierra los ojos y comienza a temblar.

—¡Fortunata! ¡Fortunata!

La desesperación en su voz despierta inmediatamente a la anciana, quien en cuestión de segundos está parada ante su puerta.

—¿Qué pasa mi niña? ¡Qué son estos gritos pues? ¿Está bien? —Pregunta preocupada.

—No Fortunata... No estoy bien... He tenido un dolor terrible, y luego esto. Mire... —Responde Muriel abriendo las sábanas para mostrarle la sangre—. Además, no me siento bien.

—¡Dios mío mi niña! Hay que llamar a la comadrona. Tomás está queriendo nacer, eso es todo. Está llegando. Quédese tranquila que son buenas noticias. Lo que esperábamos, sólo eso.

—¿Pero y la sangre? ¿Eso es normal?

—Puede pasar. Claro que puede pasar. Usted tranquila. Yo salgo un minutito para llamarla a la Eufrocina y vuelvo. Tranquila...

—No se vaya Fortunata por favor... No me deje sola, tengo miedo...

La anciana se acerca y le acaricia la frente.

—Ay mi querida... ¡Está hirviendo! Vamos a hacer esto pues: Deje que vaya a llamarla a la Eufrocina y vuelvo rapidito. Ella está al tanto, y me ha dicho que la llamáramos por teléfono a cualquier hora. Así que la llamo y vuelvo con paños fríos para ayudarla a enfriarse. Mientras tanto, si le duele mucho muerda algo. —Mira a su alrededor buscando algo que pueda servir de mordillo. Encuentra una remera—. Tenga, muerda esto. Después la lavamos.

Muriel se aferra a la remera.

—Okey. Pero por favor, no tarde.

—Son sólo unos metros. Déjeme llegar hasta el teléfono y le prometo que la Eufrocina no tardará en llegar. Quédese tranquila mi niña, ya vengo.

Los minutos se hacen siglos.

11

Cuando Eufrocina arriba Tomás ya está naciendo.

De cuclillas sobre el piso, con ambos codos apoyados sobre sus muslos Muriel empuja un puño dentro de su boca para darse fuerza. Su cara está roja por el esfuerzo.

Sentada frente a ella y tomándola por las rodillas Fortunata la alienta.

—¡Vamos mi niña! Puedo ver su cabecita asomando. Un último esfuerzo más, ya casi llega. En un santiamén lo sacamos. ¡Fuerza mi niña! ¡Vamos!

En su último viaje a la cocina para hervir agua y preparar los implementos que Eufrocina le había indicado Fortunata dejó la puerta de entrada entreabierta para que la comadrona pudiera entrar por sí misma. No quería dejar a la parturienta sola de nuevo.

Eufrocina entró sin dudarlo.

Ahora observa la escena desde la puerta.

—¡Eufrocina! Por fin ha llegado... ¡Válgame Dios! Ya era hora... Todo ha sido muy rápido. Nunca he visto un parto tan veloz... Bueno, aquí estamos. Ella quería recostarse, pero desde que logré que se levante anda mucho mejor. María, le presento a Eufrocina. Eufrocina, María.

Eufrocina y Muriel se miran.

—Buenas noches María, estoy aquí para ayudarla. Veo que ha hecho casi todo el trabajo sola... Muy bien pues, la felicito.

Es usted una joven muy valiente. Ahora vamos a terminar de sacar a ese niño ¿Me permite?

Muriel asiente con la cabeza. No tiene fuerzas para hablar.

—Bueno, con la próxima contracción me lo empuja y yo termino de sacárselo. ¿De acuerdo? Tiene que hacer fuerza como si estuviera queriendo ir al baño. Yo me encargo del resto.

Tomás sale del vientre de Muriel azulado.

Eufrocina hace un gesto para que Fortunata acompañe a la madre hasta la cama. Mientras tanto, las sigue con el niño en brazos cuidando que el cordón umbilical no se estire demasiado.

—Muy bien mi querida, ahora tome a su niño y póngalo sobre su pecho. Es un hermoso varón. Hágale escuchar el latido de su corazón y disfrútelo. Cuando estén listos para separarse me avisa y yo corto el cordón. Pero dese el tiempo que necesite, usted va a saber cuánto.

Fortunata apila unos almohadones a modo de trono y ayuda a Muriel a acomodarse sobre ellos para recibir a la criatura levemente inclinada.

La joven se amolda a la perfección en su improvisado refugio extendiéndole los brazos a su hijo. Llorando y sonriendo, gimiendo de felicidad.

12

Tomás la observa con los ojos bien abiertos.

Es la mirada más firme y penetrante que jamás haya visto.

Muriel busca rastros de Santiago en él, pero no los encuentra. Tiene los colores y las facciones de ella. Lo toma de las manitos y se las besa.

—*Oh my dear... You are so pretty, my God... So pretty. If only your daddy could see you...*

Tomás se acomoda plácidamente contra su pecho y cierra los ojos.

Entonces su carita se distiende como si fuera un pequeño globo rojo, desinflándose, y el peso muerto de su cuerpito se transforma de pronto en una tonelada. Aplastándola, incrustándola contra la cama.

Entonces la joven repara en el hecho de que su bebé aún no ha llorado, ni buscado la teta.

Fortunata y Eufrocina observan la escena estremecidas. Fortunata se tapa la boca con las manos y Eufrocina se acerca solícita.

—¿Qué está pasando? ¿Es normal que se duerma así? No entiendo ¿Tan pronto? Aún no ha tomado la teta... —pregunta Muriel preocupada.

—Le voy a cortar el cordón mi querida. Tranquila. Usted sostenga a su bebé en sus brazos mientras yo le corto el cordón.

—¡No! ¡No lo corte! ¡Puede hacerle daño! ¿No ve que Tomás se alimenta por él?

—Quédese tranquila mi niña. Se lo corto en un segundo. Créame, es necesario. Y no va a cambiar nada.

Muriel se aferra al pequeño cuerpo muerto de su hijo alejándolo de la comadrona.

—¿A qué se refiere con que no va a cambiar nada? ¿Qué quiere decir? Shh... Tomás necesita dormir. Está cansado y necesita descansar. Los dos necesitamos descansar... —Duda y vuelve sobre sus pasos—. Okey. Está bien. Está bien...Corte el cordón... Córtelo ya. Necesitamos descansar. Estamos muy cansados...

Cierra los ojos y estrujando a su hijo contra su pecho inclina la cabeza hacia atrás. Su pelo sucio y enmarañado cae como una cascada de agua turbia sobre los almohadones.

—Los dos necesitamos descansar...

Eufrocina corta el cordón y acaricia a la criatura haciendo la señal de la cruz sobre su entrecejo. Tapa a la madre y al niño con una manta, y se sienta delicadamente a un costado.

Parada a unos metros Fortunata sacude la cabeza de un lado al otro persignándose.

Un silencio denso irrumpe en la habitación.

13

Minutos después Muriel reacciona y comienza a llorar.

Un llanto sordo, mudo, abismal.

El dolor y la desesperanza la sacuden contra los almohadones como si fueran una pequeña balsa flotando en el mar. Un mar tormentoso y violento, dispuesto a devorársela.

La anciana y la comadrona se aferran a ella decididas a impedir el naufragio.

Recurriendo a ancestrales rituales la sahúman con tabaco, con yuyos, y la rodean con plegarias entonadas en forma de ícaros.

Van a darle el tiempo que necesite para despedirse a su hijo.

Mientras el cuerpito de Tomás aún esté tibio no se lo van a quitar.

14

Arrullada por las melodías ancestrales de los Andes y con el pequeño Tomás en brazos Muriel se sumerge en un sueño profundo.

Su padre se presenta ante ella a los pies de una gran cama adonde yace con su bebé muerto en brazos. El lugar es luminoso y despojado. No hay absolutamente nada más allí que la cama.

La sensación en su cuerpo es de paz e ingravidez.

"Muriel, darling. I am here. We are always here, always. You are never alone" —Le dice su padre. Intuye que hay más personas detrás de él, pero no llega a divisarlas con claridad.

Luego se acerca inclinándose para tomar al pequeño Tomás en brazos. Al hacerlo el bebé revive, volviéndose más grande.

Ahora tiene cuatro años, está vivo y sonríe. Una sonrisa franca y amplia que ilumina toda la habitación.

"Tomás debe irse conmigo *my dear. But don't worry. He will be okey, perfectly okey. You don't need to worry"*.

En ese instante el niño salta de los brazos de su abuelo para aterrizar en un santiamén sobre el piso. Al hacerlo vuelve a cambiar su aspecto. Se transforma en una criatura extraña, sin brazos y sin piernas, con un inmenso ojo azul implantado en el centro de la frente.

Salta despreocupadamente, desplazándose con facilidad de un lado a otro a pesar de no tener piernas.

Muriel está consternada, no entiende.

Tomás le dice telepáticamente: "No hay nada que entender madre. Sólo confía en lo que estás viendo. No hay nada que entender. Constata que estoy bien. ¿Ves?"

Brinca y salta y se desplaza, ágil y liviano.

Cuando Muriel despierta y siente el peso muerto de Tomás sobre su pecho el corazón se le congela. Si bien el sueño le hizo bien, constatar la realidad le resulta insoportable.

Se inclina ante su hijo y lo mira atentamente para fijar en su memoria cada uno de sus detalles. Su cara, sus manos, sus pies. Lo acaricia y lo arropa besándole las manos. Luego lo abraza con fuerza apoyando la frente sobre su entrecejo. Los ojos húmedos, cerrados.

Su pequeño cuerpo ha comenzado a enfriarse.

15

Primero de noviembre. Día de Todos los Santos, próximo al día de Todos los Muertos y la Conmemoración a los Fieles Difuntos.

Hace días que se organizan en el pueblo los preparativos para recibir a las almitas de los muertos, que esta noche bajarán del cielo para visitar y comer con los vivos.

Fortunata trajo mujeres y niños para colaborar con el amasado de las figuras de harina que se cocinan en el horno de barro de su casa. Debido a que están montando una mesa para recibir a almitas nuevas (las de Tomás y Santiago) el esmero al hacer las ofrendas es mayor que en otras casas.

A Muriel le impacta la participación de toda la comunidad. Esto la motiva a colaborar, a pesar de su cansancio. Hacerlo le permite distraerse y encauzar (al menos por un rato) su dolor.

La procesión de desconocidos que desinteresadamente se acercan a colaborar con entusiasmo resulta un bálsamo. Entre todos van armando la mesa de ofrendas, cubierta por un gran lienzo negro que pegado a la pared sube hasta el techo.

Apilados sobre la mesa hay aproximadamente doscientos panes, distintos platos de comida, bebidas, y postres. Y encima de las ofrendas figuras de ángeles y una escalera hecha de pan para que las almitas de los muertos tengan por dónde descender y ascender tranquilas. También hay una paloma de mazapán. Alrededor de la mesa hay plantas de hinojo para mantener las ofrendas frescas, y debajo hay bebidas.

El altar se completa con una foto de Santiago pegada en la pared, la estampa de un ángel personificando a Tomás, y las imágenes de los padres de Fortunata. A los pies de la mesa hay velas encendidas, flores y agua bendita. Chicha, cigarros y hojas de coca en cuencos de barro. Por último un balde adonde escupir el café luego de mascar la coca y tomar unos sorbos.

El techo está cubierto por una tela azul que tiene pegadas estrellas y una luna de papel blanca.

Muriel y Fortunata visten de negro. La cinta negra colgada en la puerta anuncia que en esta casa recibirán a un almita nueva, y la gente se acerca para rendirle homenaje y acompañar a la familia.

Se ha corrido la voz en el pueblo de que un niño dorado como el sol ha nacido y muerto aquí hace menos de un mes, y todos quieren participar. Las almas de los niños son angelitos que interceden por los miembros de la familia, acompañan y guían.

Sentada sobre un banquito a un costado de la mesa, flaca y demacrada, Muriel descansa su espalda contra la pared. Se ve muy desmejorada.

Parada junto a la puerta de entrada Fortunata recibe a la gente que va llegando. A medida que entran las visitas saludan inclinando la cabeza respetuosamente ante Muriel, y luego repiten todos el mismo ritual: toman una flor de los jarrones con agua bendita y sacudiéndola sobre los alimentos bendicen la mesa con una oración. Algunos mascan hojas de coca, otros fuman un cigarro y lo entierran en un recipiente debajo de la mesa.

Poco a poco el salón se va llenando de gente que se sienta a esperar a que bajen las almitas. Hay velas encendidas y música andina. El instrumento que tocan es un instrumento de viento llamado sikus.

Cuando llega Eufrocina con su nieta, Fortunata las recibe con un apretón de manos. Muriel se levanta para saludarlas.

—María, le presento a mi nieta. Se llama Bernardina.

Muriel le sonríe y la abraza. Primero a la partera, luego a Bernardina. Al abrazar a la joven se larga a llorar.

Eufrocina apoya una mano sobre su espalda.

—Shh mi niña, tranquila. No queremos que el almita de su hijo se ponga triste, ¿no? Venga, vamos a cantar. Acompáñenos a rezar por él. Le traje a mi niña para que ella le rece como es debido: con el corazón limpito.

Entonces Bernardina comienza a cantar. Su voz es suave y cristalina, como agua fresca recién salida de un manantial.

Muriel siente que se le estremece todo el cuerpo.

Poco a poco se van sumando los presentes.

Cantan, coquean y comen hasta el amanecer. Al despuntar la luz del día parten todos juntos rumbo al cementerio en lo alto de Tilcara. En el camino se van entrelazando con otras procesiones que vienen de otras casas.

Muriel carga en sus manos unas flores de tela que deposita a los pies del nicho adonde el cuerpito de Tomás (junto a su placenta) yace envuelto en fieltros.

Inclinada ante él observa la inmensidad de los cerros y las hojas de una tipa a unos pocos metros. Se concentra en ellas.

Luego agacha la cabeza, cierra los ojos y traga saliva.

Siente que se le parte el alma y se le cierra el pecho. Que una parte de ella quedará por siempre enterrada aquí, junto a su hijo.

16

Eufrocina es mucho más que una partera.

Cuando tenía dieciséis años fue tocada por un rayo y no sólo sobrevivió al impacto, sino que fue completamente transformada por él.

Volvía del pueblo una tarde cuando una gran tormenta la sorprendió a campo abierto y una descarga eléctrica le cayó encima. La experiencia fue fulminante, definitiva.

Lo que sucedió entonces fue extraordinario, difícil de explicar.

La percepción que hasta ese momento había tenido del tiempo cronológico tal y como lo conocía se le trastocó en su interior, y en menos de un instante pudo percibir el entramado completo de sus existencias. En detalle. Todas sus vidas, coexistiendo en dinámico equilibrio.

Además pudo percibirse conectada a su entorno como si los límites de su cuerpo se hubieran expandido a las personas que la rodeaban, a los animales, a las plantas. Pudo registrar en carne propia las vivencias de los otros ante sus acciones y sus dichos. El dolor, la desilusión, la alegría. El impacto de su participación en todos sus vínculos a lo largo de los siglos.

Fue desgarrador, glorioso, indescriptible.

La tarde en que sucedió el evento su padre había salido a buscarla preocupado porque oscurecía, y la joven no regresaba.

Luego de caminar unos kilómetros la encontró tirada a un costado del camino. Al principio no comprendió qué diablos había sucedido. Olía raro, y su ropa estaba sucia y desgarrada. Temió que le hubiera pasado lo peor (que hubiera sido ultrajada) pero no había indicios de tal cosa. La posibilidad de que un rayo le hubiera caído encima cruzó por su cabeza, pero la descartó de inmediato por imposible. Hubiera muerto en el acto. No habría posibilidad de estar cargando el cuerpo tibio y mojado de su hija si un rayo le hubiera caído encima. Estaría muerta.

Cuando ella despertó y se encontró rodeada por su familia tardó unos instantes en reconocerlos. Las caras de sus padres y sus cinco hermanos observándola consternados y con espasmos de alegría le resultaron completamente desconocidas.

Su cerebro estaba reseteándose, por lo cual no lograba enfocar la vista y tardó varios días en volver a hablar. Confundía los nombres de sus hermanos, y no recordaba el propio.

La descomunal descarga eléctrica no sólo no la mató, sino que la cambió irreversiblemente. La mutación en su sistema nervioso le permitió establecer nuevas conexiones a través de las cuales accedió a capacidades que hasta entonces su cerebro no había desarrollado.

A medida que pasaron los días una nueva percepción de sí misma comenzó a instalarse en su conciencia. Adquirió nuevas capacidades como la telepatía, el don de la sanación y la clarividencia.

Cuando sus padres confirmaron sus sospechas (que su hija había sido atravesada por un rayo y sobrevivido al impacto) decidieron no contárselo a nadie. Temían lo que pudieran pensar en el pueblo. Ellos mismos no sabían qué pensar.

Les llevó años aceptar que aquella misma joven que una tarde salió a hacer un mandado fuera la misma persona que horas después volvió transformada en un fenómeno. No sabían cómo interpretarlo. Tenían miedo. Por más que se esforzaran en negarlo, la joven ya no era la misma.

Así Eufrocina murió sin morir, naciendo a una nueva vida.

17

Con el correr de los días Muriel empieza a adelgazar vertiginosamente.

Por más que Fortunata se esmera intentando tentarla con sabrosas comidas, la joven no logra abrir la boca.

Lo intenta, porque valora su esfuerzo y no quiere despreciarla, pero la sola idea de tragar algo sólido le resulta sencillamente imposible. Era como si se hubiera instalado un muro infranqueable entre su esófago y el resto del mundo, y no hubiera espacio adentro suyo para otra cosa que no fueran el dolor y el desconsuelo.

La muerte de su hijo y la de Santiago se sumaron a otras pérdidas, y su capacidad para soportar desgracias había llegado a su límite.

El sabor amargo del resentimiento y el autorreproche han comenzado a instalarse en su interior, envenenando su sangre. Gota a gota. Día a día.

Su aspecto se vuelve hosco y sombrío.

18

—¿Por qué no me dejan morir tranquila *my God?* Si no soy nadie aquí, apenas una extranjera, de paso. ¿Por qué se ocupan de mí? Además, yo no se los he pedido... Por favor, déjenme dormir tranquila Doña Eufrocina, de veras. Necesito dormir y despertar en otra vida. Les agradezco el esfuerzo, de veras. Fortunata es una santa... Pero no puedo cargar, encima, con la responsabilidad de mantenerme viva para complacerla.

Muriel está recostada sobre su cama en la habitación a oscuras.

Hace dos días que se niega a levantarse y Fortunata, preocupada, la llamó a Eufrocina para que viniera a socorrerla.

—Cuando una ha alcanzado cierta sabiduría mi querida, sabe que todos los jóvenes de esta tierra son sus hijos. No importa dónde hayan nacido, ni el color de su piel. Y desde el momento en que yo ayudé a nacer y a morir a su hijo, más que nunca usted se ha vuelto una hija. Ahorita Fortunata y yo somos su familia, y no la vamos a dejar morir. No aún. No así. —Acerca su silla y agrega en tono pausado—. No está mal tomar la decisión de irse de este mundo hija. Yo la respeto, y cuando es necesario hasta lo aliento. De hecho cuando están listos para partir los abuelos lo hacen a voluntad. Se despiden y se recuestan, y ya. Yo lo voy a hacer algún día, cuando mi misión esté cumplida. Pero no aún. Y usted tampoco. Usted aún tiene muchas cosas bonitas por hacer en este mundo María. No puede verlo, pero existe un futuro lleno de abundancia para usted. Ya verá. Puede elegir morir hoy, o puede elegir esa alternativa entre muchas otras. Yo vengo a mostrarle esta.

Muriel la mira. La poderosa convicción con que Eufrocina ha formulado sus afirmaciones le genera curiosidad.

—¿Y usted cómo lo sabe Doña? ¿Cómo puede afirmarlo tan convencida?

—Yo sé muchas cosas más de las que usted imagina Muriel, mi niña. Créame. —Le sonríe—. Y puedo asegurarle que la posibilidad de un futuro lleno de cosas bonitas para usted está más cerca de lo que cree. Sólo tiene que atravesar el umbral de sus creencias, las que la atan al dolor pues. Porque ya no es necesario que siga sufriendo, sabe. Ese ciclo está terminado. Y ahora está a punto de renacer. Muy cerquita, sólo a unos pasos. Ya va a ver.

Muriel se pregunta cómo Eufrocina ha sabido su nombre. Probablemente Blas se lo ha dicho, y está usando ese dato para darse credibilidad. Está queriendo sugestionarla.

—No mi querida, Blas no me ha dicho nada. El es muy reservado, y jamás la pondría en peligro revelando su identidad. Además, él no sabe que usted es hija de Richard y de Geraldine... ¿O sí? Pues yo sí. Su mente la hace desconfiar de mis palabras porque la mente es así, desconfiada. De miedosa nomás. Escuche su corazón y verá que mis palabras son ciertas.

Muriel la mira asombrada. Evidentemente Eufrocina estaba leyéndole los pensamientos.

—Quédese tranquila mi querida, yo sólo escucho lo que es necesario saber para guiarla. No voy a andar hurgueteando de curiosa nomás, de ninguna manera. Su intimidad es su intimidad, y es sagrada.

Se acerca hacia ella tomándola de las manos.

—Mi función es guiarla de vuelta a usted misma mi querida, nada más. Nuestra medicina hará el resto. Si me hace caso, y se fortalece, —presiona sus manos delicadamente— puedo convidarla con una de nuestras plantas sagradas. La sabiduría de la madre tierra puede ayudarla a encontrar su camino, el camino del medio. Usted póngase fuerte, comience a alimentarse, y sobre todo decida vivir. Decida avanzar. El resto vendrá sólo. Yo puedo guiarla.

Muriel se larga a llorar.

—Es que no sé si puedo Eufrocina... No sé si voy a poder. Estoy muy cansada sabe.

Eufrocina la toma de la cabeza.

—Claro que puede mi niña. Claro que puede, ya va a ver. Use mis ojos para verse. En este momento yo veo por usted. Observe. —Imprime la palma de una de sus manos sobre su entrecejo y Muriel pierde la estabilidad, como si estuviera cayendo dentro de un pozo profundo.

Luego de unos instantes comienza a vislumbrar imágenes.

Imágenes vívidas y claras, imágenes del futuro.

Instantáneamente cesa el dolor. Aparecen colores. Movimiento. Melodías. Ve ante ella el rostro de un hombre mayor mirándola con devoción. Luego el cuerpo vibrante de un hombre joven haciéndole el amor. Y finalmente el alma de Tomás, retornando a su vida a través del cuerpo de un joven andino. El joven se llama Francisco. El amante se llama Nicolás.

Cuando la sanadora saca las manos de su frente Muriel aterriza sobre la cama como si hubiera caído violentamente desde el techo. Abre los ojos asombrada.

Eufrocina le sonríe.

—Nunca transmití mis visiones así. Pero me lo indicaron, y soy obediente. En uno de sus futuros posibles estos tres hombres la están esperando mi querida. Deje que la madre tierra la guíe hacia ellos. Su vida no ha terminado aquí, de ninguna manera. —Acomoda las manos sobre su regazo—. Dentro de un tiempito, cuando se reponga, la convido con nuestra pipa sagrada. Ella es portadora de la sabiduría de la madre tierra y del padre sol, y puede hacer el resto. Ya va a ver.

Muriel se debate entre la esperanza y el miedo, entre la incredulidad y la fe.

19

La preparación para ser convidada con la planta dura unas semanas.

Comienza con una rigurosa dieta que Muriel logra sostener a base de empeño, y luego una serie de purgas con tabaco, yuyos y ventosas.

Finalmente los temazcales.

En la intimidad de la tienda circular la joven le entrega a las abuelitas encendidas sus pesares. Nombra ante ellas uno a uno sus ancestros, reconociéndose como parte de su linaje. Honrándolos y agradeciéndoles. Llora ante ellas la pérdida de su padre, lamenta el profundo desencuentro con su madre y en el más absoluto de los silencios pide por el alma de su hijo y de Santiago. Ruega porque encuentren el camino.

Fortunata y sus compañeras de temazcal corean respetuosamente sus intenciones.

Finalmente, acompañada por los cánticos y las piedras volcánicas ardiendo sobre el fuego Muriel convoca a las poderosas fuerzas de la pachamama para ser guiada y sostenida a lo largo de su arduo proceso de su sanación.

20

Salir de la oscuridad de la tienda para descansar de cara al sol es sencillamente glorioso. Un regalo.

Los ojos tardan en acostumbrarse a la claridad del exterior, y a medida que las mujeres van saliendo del temazcal son guiadas alrededor de un fuego para recibir acostadas sobre el pasto la energía del padre.

La tienda oscura simboliza el útero materno dentro del cual el gran espíritu encarna en materia, y el contacto con el sol nos recuerda que si bien el gran padre está lejos, también habita en nuestro interior.

Nuestro cuerpo, sagrado lugar de encuentro entre el cielo y la tierra; entre la madre tierra y el padre sol.

Muriel descansa recostada sobre una manta de lana de cabra teñida con remolacha. Si bien su cara está arrebatada por el intenso calor dentro de la tienda, se ve distendida. Su pelo ha crecido y deja entrever las raíces pelirrojas que asoman casi cuatro centímetros. Su cuerpo se está acostumbrando al shock térmico. Lo siente liberado de toxinas, liviano y pesado al mismo tiempo.

Eufrocina se acerca cuidadosamente hasta ella. Se sienta a su lado y acariciándole el pelo le dice:

—Ya está lista mi niña, la planta me lo ha dicho anoche. Este ha sido su último temazcal, al menos por ahora. —Muriel abre los ojos. Los rayos del sol le impiden enfocar la vista con claridad, por lo cual la distingue entre destellos—. El próximo paso es

convidarla con la pipa sagrada. Lo haremos mañana.
   Muriel asiente con la cabeza y sonríe en silencio.
   Siente una oleada de temor, pero la deja pasar.
   Eufrocina se retira.

21

Primera toma: veinte de enero de mil novecientos setenta y ocho.

Luego de darle una breve pitada Eufrocina extiende la pipa de arcilla hacia Muriel. Arden en su interior semillas de cebil trituradas mezcladas con tabaco.

La joven se inclina devocionalmente hacia la anciana tomando la pipa entre sus manos.

—Inhale tranquila mi querida, el espíritu de la planta va a mostrarle lo que necesite ver. Confíe en su sabiduría, y en el viaje que está por emprender. Y recuerde algo importante: lo que sea que suceda, va a estar bien. No lo juzgue ni le tema, simplemente acéptelo. Sus ancestros y los guardianes del gran espíritu van a estar guiándola en todo momento. Aunque no los vea, allí están. Siempre. Y yo también, así que no tema. Va a hacer un hermoso viaje, estoy segura.

Mientras Muriel inhala Eufrocina comienza a entonar ícaros. A medida que los efectos alucinógenos de la planta comienzan a hacer efecto sobre su sistema nervioso los cánticos se van volviendo cada vez más bellos, dotados de una belleza imposible de describir.

Las semillas de cebil contienen un poderoso principio activo llamado dimetiltriptamina, un potente alucinógeno. Fumadas o inhaladas producen visiones (las cuales varían según quién las consuma) generando la posibilidad de abrir portales hacia otros mundos.

Al cerrar los ojos Muriel comienza a tener visiones geométricas que van tomando alternadamente diversas y coloridas formas caleidoscópicas. Se desplazan siguiendo el ritmo de la música, a veces de manera rápida, otras lentamente. Por momentos desplazándose transversalmente, otras en forma de círculos.

A medida que el tiempo avanza la percepción de su cuerpo se va volviendo cada vez más pesada, y las visiones más intensas.

Muriel se asusta y abre los ojos. Al hacerlo los árboles en la base del cerro la saludan, tomando formas de animales. Se inclinan ante ella y comienzan a bailar. Una ballena y cuatro focas. Un oso, un gato, un elefante y dos arañas inmensas. Una es blanca y la otra es negra. Los animales miden entre uno y tres metros de altura, y se mantienen a una distancia prudencial para no asustarla.

Muriel los saluda extendiendo una mano, sonriente y confiada. Las visiones la llenan de vitalidad y entusiasmo.

De pronto todo a su alrededor se transforma en un circo.

Hay destellos de luces de colores y fuegos artificiales. Eufrocina viste de payaso, y hace muecas. Su cara se va moldeando como si fuera de plastilina. Cara de miedo, cara de felicidad. Cara de pena y de asombro. De desconfianza.

Sus expresiones le producen un profundo impacto, como si tuvieran el poder de ingresar directamente en su pecho. Siente una poderosa conexión con lo que está percibiendo, como si las expresiones del rostro que está frente a ella fueran un reflejo de su propio rostro en un espejo.

—Ahora cierre los ojos mi pequeña. Cierre los ojos y observe. Pero hágalo con el corazón —le dice sonriendo. Entonces su cara se transforma en la de un ángel, y le crecen alas.

Muriel se maravilla ante su belleza. Llora de emoción.

Luego seca sus lágrimas y llevando ambas manos hacia su pecho se inclina ante la anciana cerrando los ojos.

Su percepción del tiempo se vuelve paradojal. Como si las cosas sucedieran rápidamente y en cámara lenta al mismo tiempo.

22

Al cerrar los ojos aparece ante ella un desierto.

El desierto es inmenso, pero en vez de estar compuesto por arena está compuesto por cenizas. Una inconmensurable cantidad de cenizas, con pequeños huesos y gemas de colores esparcidas aquí y allá. Entonces comprende que las cenizas son cenizas de muertos, y que lo que está ante ella es un descomunal cementerio.

A medida que logra superar el impacto inicial y alejar sus prejuicios la luminosidad del lugar va en aumento.

Escucha los ícaros de Eufrocina a lo lejos, pero el silencio del desierto se impone cobrando protagonismo. Un silencio abrumador, sagrado.

Por momentos las cenizas vuelan rozándole la piel. Se deja acariciar por ellas.

Las imágenes son extremadamente bellas y no la asustan. Todo lo contrario, la conmueven.

Entonces en menos de un segundo se materializa a su derecha un árbol. Lo identifica rápidamente, es el árbol del cementerio, la tipa. Su tronco es pequeño y su copa frondosa. Entre sus raíces aparece una lápida.

Sorpresivamente la figura del árbol cobra vida transformándose en una mujer alta y flaca, desnuda. Las ramas se convierten en cabellos que flotan en el aire transformándose en víboras. Su cabeza se vuelve la cabeza de la Medusa, gigante y azul, monstruosa, con víboras retorciéndose sobre su cuero cabelludo.

Luego vuelve a ser una tipa.

Espantada, Muriel observa cómo la lápida se mueve y comienza a temblar. Duda un instante y dirige una mano hacia ella, buscando impedir la apertura del Umbral hacia el Otro mundo.

—No. De ninguna manera. No —decreta con convicción.

La tumba obedece y deja de temblar.

Desde el centro del desierto comienzan a emerger árboles del suelo creciendo rápidamente. Están distribuidos en hileras. Sus troncos son monumentales, y sus gruesas raíces están arraigadas al poco pasto que los rodea. Sus hojas son muy verdes. En sus copas aparecen cocoons *adonde se están gestando sus ancestros. Los hombres y las mujeres de su familia, creciendo en sus úteros, pero con forma de adultos. Puede distinguir con claridad a algunos de ellos.*

Así, dispuestos en hileras ordenadas a lo largo del desierto observa la gestación de la totalidad de su linaje.

Una imagen poderosa y vital, vibrante.

23

Entre las hileras de los árboles Muriel ve aparecer una mujer muy parecida a ella, casi idéntica. Tiene las mismas facciones y el mismo color de pelo, la misma altura, pero las formas de su cuerpo son menos voluptuosas. Sus pechos son más pequeños y las caderas menos redondeadas. En realidad no puede distinguir si es mujer o varón, parece hermafrodita.

Lleva puesto un enterizo blanco con destellos plateados y el pelo muy corto. Camina con delicadeza y aplomo al mismo tiempo.

Al verla aparecer Muriel se sorprende tanto que le falta el aliento.

La visión se acerca a ella sonriéndole enigmática y se detiene a tres metros de distancia. La saluda.

—Hola Muriel. Me llamaste. Aquí estoy. Bienvenida a nuestro mundo.

—¿Yo te he llamado?

—Sí. Tú. ¿Quién más si no?

—No sé… No entiendo cómo pude haberte llamado, si no te conozco.

—Sí lo entiendes, claro que lo entiendes. Sólo te está costando un poco aceptarlo, eso es todo.

—¿Quién eres?

—¿Quién crees que soy?

—No sé… ¿Mi hermana? ¿Una hermana gemela que no llegó a nacer? Debo reconocer que nuestro parecido es asombroso…

—… —Su reflejo le sonríe.

—*¿Cómo te llamas?*

—*Entiendo que necesites nombrarme de alguna manera… Digamos que me llamo Alétheia. Dime Alétheia.*

—*Alétheia… qué bonito nombre. Alétheia…*

—*…*

—*…*

Se quedan en silencio, mirándose.

Muriel se acerca un poco para observarla mejor. Alétheia se mantiene en su lugar, dispuesta y tranquila. Dejándose observar.

A medida que va tomando confianza Muriel se acerca un poco más.

Cuando lo hace los árboles que las rodean desaparecen, y en menos de un segundo se desplaza involuntariamente hacia el centro del desierto.

Aterriza en un oasis. Su forma es circular, y tiene aproximadamente treinta metros de diámetro. A su izquierda hay un aljibe antiguo flotando sobre el centro de un lago. Hay árboles, pájaros, y un arcoíris pintado en el cielo de norte a oeste dibujando un semicírculo. Su consistencia es sólida, indudablemente firme. Parece una escalera.

Muriel siente una inigualable sensación de paz.

—*Es necesario recorrer todos los caminos para llegar hasta aquí Muriel. Yo mejor que nadie lo sé, infinidad de caminos. Te veo recorrerlos a todos, una y otra vez. —* *Alétheia se materializa a su lado y apoya ligeramente una mano sobre su hombro izquierdo. Su mano emana un calor muy particular—. Todos los caminos te conducen a mí. Parece difícil, y sin embargo es tan fácil… Ya ves. —Sonríe—. Aquí estás. Sólo hacía falta cerrar los ojos y llamarme. Aquí estoy. —Vuelve a sonreír—. Aquí estamos.*

Muriel se dispone a hacerle una pregunta cuando Alétheia y el oasis desaparecen bruscamente.

Aterriza con un sacudón, como si se hubiera zambullido dentro de su cuerpo desde las alturas. Sus extremidades están paralizadas, y le lleva un buen rato volver a moverlas. Cuando lo logra es como si su cuerpo ya no le perteneciera.

Una sensación extraña y perturbadora, pero agradable.

24

Catorce de febrero: Muriel es convidada por segunda vez por Eufrocina.

Minutos después de inhalar comienza a ver una interminable sucesión de imágenes caleidoscópicas desfilando ante ella, de izquierda a derecha.

Está ansiosa por reencontrarse con Alétheia, pero sólo aparecen esta variedad de triángulos, rectángulos, cuadrados y círculos. Las imágenes son coloridas y bellas, entrelazándose y girando a gran velocidad para crear una infinita variedad de figuras en movimiento.

Sobresaltada, se encuentra de pronto sentada sobre el lomo de una ballena. Si bien su piel es suave y resbaladiza, parece estar unida a ella por una fuerza gravitatoria que le impide caer.

Es invierno, pero no siente frío. Las envuelve un viento cálido. Todas las sensaciones en su cuerpo son placenteras. La ballena le transmite seguridad y entusiasmo. Nadando veloz sobre la superficie del mar se sumerge intermitentemente para darle tiempo a acostumbrarse a respirar bajo el agua y no temerle al descenso.

Como si fuera lo más natural del mundo poder hablar, le dice: "Inténtalo, verás que puedes". Sus palabras retumban como un eco dentro de su cabeza. Aunque no aclara a qué se está refiriendo, Muriel lo sabe.

En el quinto intento lo logra, descubre que si se relaja puede respirar bajo el agua.

Comienza a hacerlo lenta, pausadamente.

La ballena sonríe y exclama, exultante: "Bien... ¡Agárrate… Allí vamos!" Y comienza su intempestivo descenso hacia las profundidades.

A medida que avanzan los colores cambian. Al comienzo el océano es claro, casi turquesa. Luego va oscureciéndose. Hay peces, medusas, delfines y pulpos. Pasan cerca, un tiburón blanco y un cardumen de una especie violácea desconocida. Todo lo que la rodea emana una belleza que no es de este mundo, como si estuviera en otro planeta. Su cuerpo se vuelve ingrávido y está colmado de paz, un indudable estado de presencia.

Cuando arriban el fondo del mar el lugar se transforma en un desierto.

Todo se pinta de amarillo, y el clima se vuelve templado. Si bien no hay agua, la ballena se desliza cómodamente levitando al ras del suelo. Llegan a un inmenso umbral hecho de un extraño material plateado. Su contorno tiene la forma y el tamaño exacto del animal.

Muriel se desliza hacia el piso desde el lomo de la ballena. En el instante en que toca el suelo percibe un millón de imágenes poblando el desierto. Imágenes de su pasado y de su futuro, entrelazadas. Escenas de otras vidas. Pasan tan rápido ante sus ojos que no logra divisarlas con claridad. Se asusta. Siente que es demasiada información y no tiene la capacidad para procesarla. Se sube nuevamente al lomo de su amiga aferrándose a ella.

"El tiempo no existe Muriel, sólo el presente. Solo este momento". Escucha la voz de Alétheia susurrándole dentro de la cabeza. "Por eso tu mente percibe todo caóticamente. El tiempo es una ilusión que tu mente crea, y desde allí no puedes acceder al orden".

La ballena avanza hacia el umbral introduciendo su cabeza dentro él. Su cuerpo se transforma una inmensa llave. Al hacerlo se despide: "Hasta aquí he llegado. De ahora en más debes avanzar sola".

Muriel siente que el umbral se adapta a la perfección al cuerpo del animal, adhiriéndose a su contorno. Entonces una poderosa fuerza la succiona sacándola del desierto para depositarla dentro de una casa.

La casa es blanca y no tiene techo. No hay nada en ella, ni muebles ni ventanas. Sólo una inmensa sala dentro de la cual su bisabuela, sentada sobre una gran mecedora de madera la observa acusadoramente. Hay una chimenea encendida. Donde debería estar el techo hay un cielo turquesa con nubes blancas que parecen pintadas, no se desplazan.

Si bien Muriel oyó hablar mucho de su bisabuela materna, nunca llegó a conocerla.

—¿Qué hace usted aquí? —pregunta la anciana irlandesa vestida de riguroso negro. Sus ojos claros y su cabellera canosa resplandecen.

—Estoy aquí porque he perdido un hijo, y necesito entender. —responde Muriel, sin dudar un instante del motivo de su visita. Ella misma se sorprende ante la convicción con la cual ha formulado la respuesta. No sabía que estaba aquí por esto.

—Todas las mujeres de la familia hemos tenido que entregar un hijo. Esto es así hace generaciones, y así será por siempre.

—¿Por qué?

—¿Por qué? Mocosa insolente. Menos pregunta Dios y perdona.

—He llegado hasta aquí. Debo saber.

—¿Está segura? Mire que podría no gustarle la respuesta. Recuerde que uno nunca debe preguntar lo que no esté dispuesto a escuchar.

—Sí. Estoy segura.

—Todas las mujeres de nuestra familia debemos entregar un hijo, la primera de cada generación. Este pacto se inició hace siglos con la primera bruja. Usted pertenece a un largo linaje de brujas, y probablemente esté aquí para saberlo. Para saber quién es realmente, no para entender por qué perdió un hijo.

En ese momento Muriel ve emerger por encima del hombro derecho de su bisabuela una interminable sucesión de torsos de mujeres vestidas de negro. Están apoyadas unas sobre otras y entre todas conforman una gran escalera humana.

Apresurándose a subir por la escalera Muriel usa sus hombros como escalones para llegar hasta una bruja muy por encima de su bisabuela. Diecinueve escalones. Se apoya con determinación sobre los hombros de la bruja que está por debajo para sentarse de frente a la que está encima.

—Uau, una digna descendiente de mi linaje, valiente e intrépida. Muy bien, muy bien…

—Vine hasta aquí para que me muestres algo que debo ver con mis propios ojos.

La mujer se muestra renuente a darle información, pero Muriel tiene el poder de visualizar su pasado. Lo usa sin pedir permiso. La ve ahogando a un niño en un lago. El niño es su hijo, y su vida es la ofrenda que debe hacer para iniciarse en un ritual satánico.

Espantada pierde el equilibrio. Tambalea a punto de caer hacia atrás, pero no cae.

—No se le ocurra juzgarme. Hice lo que debía hacer, y no me arrepiento. Fue necesario. Y si usted está adonde está, es gracias a mí. Así que ni se le ocurra pensar que usted es mejor que yo. Usted es quien es gracias a nosotras. Su luz surge de nuestra oscuridad. Entre todas conformamos una. —Termina de decir esto y la empuja hacia atrás.

Muriel cae.

Siente las manos de las otras brujas empujándola hacia abajo.

Luego de atravesar un interminable vacío aterriza sobre su cuerpo, tembloroso, en Tilcara.

Eufrocina la recibe de vuelta.

—Soy una bruja, soy una bruja… —repite una y otra vez, espantada.

La anciana andina le acaricia la frente.

—Tranquila mi querida… Tranquila. Esas son sólo palabras, maneras de nombrarse… No debe darle tanto poder a las etiquetas con que nombramos las cosas. Lo que hay que hacer es soltar las emociones pegadas a esas etiquetas. Despegarlas. Acuérdese: escuchar y mirar sin juicios, ese es el secreto.

25

Finaliza marzo: tercera toma.

Vuela agarrada a un piolín atado a un colosal globo rojo. El piolín es finito, pero la sostiene con firmeza. Ella se agarra a él sin esfuerzo, como si su cuerpo no pesara.

Vuela alto. Atraviesa paisajes serranos.

Para su sorpresa se dibuja el rostro de su padre en el globo. Al reconocerlo Muriel sonríe, emocionada.

—¡Daddy! Dear daddy... My God, ¡you are here! I miss you soo much daddy...

Su padre le sonríe sin responder. Su mirada la conmueve. Mirándose en sus ojos Muriel se tranquiliza y se sumerge en un silencio profundo.

Minutos más tarde el globo -padre se transforma en un gran globo- ojo que la invita a volver su mirada hacia abajo. Ella tiene vértigo, pero al escuchar a Richard diciéndole "Confianza hija. Ten confianza," encuentra el coraje para mirar.

El paisaje le recuerda las sierras de Córdoba (estuvo allí de vacaciones con Santiago y Patricia hace poco más de un año). Pasan cerca de una gran cadena montañosa. En la cima de una de estas montañas un grupo de comechingones se dispone a tirarse al vacío.

Son varios. Parecen tranquilos y sin una pizca de dramatismo o desesperación. Simplemente hacen fila para tirarse, uno a uno, convencidos de lo que están haciendo. Cuando llega su turno se despiden amablemente de sus compañeros y se lanzan con naturalidad.

Algunos se estrellan contra el piso sumándose a una pila de cadáveres. Otros simplemente se desmaterializan en el aire.

Muriel observa la escena espantada. Luego recuerda a Eufrocina diciéndole: "el secreto está en observar sin juicio" y entonces le parece perfectamente natural lo que está viendo. Comprende su sentido.

Supera la prueba.

El ojo que la sostiene se infla un poco más para dirigirse hacia el sur. No es el viento quien lo conduce, sino su voluntad de avanzar. De hecho, el viento va en la dirección contraria.

Cuando llegan a la cima de otra gran sierra el globo desciende cerca de un lugar llamado Valle de los Espíritus. No sabe cómo conoce el lugar, ni su nombre, pero cierra los ojos y lo visualiza. Está ubicado siete kilómetros al noreste.

Al aterrizar en tierra firme descubre un hueco debajo de una gran piedra. El hueco es un Umbral hacia Otro mundo, y este Umbral parece ligado al Valle de los Espíritus.

—Tienes que correr la piedra para ingresar —le dice el gran ojo-padre con la voz de Richard—. Pero para ser aceptada tienes que hacer una ofrenda. Una palabra, o algo que provenga de lo más profundo de ti. Sólo así serás admitida. —Dice esto y el piolín se le escurre de las manos elevándose hacia el cielo. Aparece el rostro de su padre dibujado en él por última vez. Muriel se despide, melancólica.

—Okey. Bye bye Daddy. Have a nice trip. I love you.

—Love you too my Darling…

A un costado de la gran piedra hay un círculo en la tierra.

Muriel se arrodilla ante él ofreciendo allí sus lágrimas. Las junta sobre las palmas de sus manos y luego las derrama dentro del círculo. En el momento en que la tierra se humedece la piedra que escondía el agujero se desliza hacia un costado invitándola a pasar.

Debajo hay un túnel oscuro y palpitante.

Para descender por él imagina que ella misma se transforma en globo y flota. El descenso se vuelve natural y tranquilo. Intuye la presencia de pequeños ojos observándola desde huecos en la pared de piedra. Parecen ojos de pájaros, pero no logra distinguirlos con claridad. Son amarillos. También escucha ecos y susurros, aunque no logra escuchar de dónde provienen ni qué dicen.

Al finalizar, el túnel de piedra desemboca en un gran espacio blanco con toques futuristas. El espacio es grande. Hay máquinas y pantallas líquidas flotando en el aire. Dentro de ellas se desplazan con rapidez ecuaciones matemáticas.

Ve materializarse ante ella presencias traslúcidas que se aproximan con rapidez para recibirla. Sus contornos son difusos, como si estuvieran hechas de luz o fueran inmateriales, sin embargo el contacto con sus manos es tangible. Las percibe cálidas y suaves, amistosas. Se sientan alrededor suyo formando un círculo e indicándole telepáticamente que no tenga miedo.

Muriel se entrega a ellas, su cercanía le transmite una inigualable sensación de bienestar. Al tomarse de las manos las presencias se vuelven cada vez más luminosas y comienzan a emanar chispazos. Como si una fuente de energía parecida a la energía eléctrica fluyera a través de ellas.

Comienzan a irradiarle esa energía. Cuando Muriel es impactada se eleva en el aire y comienza a girar. Al principio formando un círculo, luego girando en ochos. Gira tan rápido que no logra distinguir lo que sucede a su alrededor. Se marea, siente que va a vomitar. Cierra los ojos.

Entonces escucha a Alétheia diciéndole en su cabeza: "Estás oponiendo resistencia Muriel. No pienses. Entrégate. Tus pensamientos te están impidiendo avanzar".

—Es que no sé cómo se hace. No sé cómo hacerlo… —responde Muriel, impotente. Entonces deja de girar y queda suspendida a unos centímetros del piso, aterrizando ligeramente sobre él.

Las presencias la miran compasivas. Se muestran pacientes y dispuestas.

Una de ellas se aproxima y le dice: "Ven conmigo". Por momentos le recuerda a Alétheia, y por momentos vuelve a tomar la forma traslúcida de una de las presencias. La lleva hasta un muro.

Muriel lo tantea. El muro es de piedra maciza.

"Tú puedes. Simplemente confía en que puedes atravesarlo, y podrás hacerlo. Hazlo ya".

La convicción con que la presencia le habla es tan fuerte que sin dudarlo un minuto Muriel mete la mano y atraviesa el muro. Luego prueba con una pierna y la pasa también, apoyándola del otro lado. Chapotea en el agua. Toma impulso y termina atravesando el muro con todo el cuerpo.

El paisaje del otro lado la impacta profundamente. Es un lugar muy hermoso, parecido al Valle de los Espíritus que vislumbró minutos atrás. Hay una casa y un arroyo. Sus pies están dentro del arroyo. Decide salir con paso firme de él.

"Ahora esta casa es tuya. Fíjate qué forma quieres darle, y tomará el aspecto que tú desees. Serás nuestra aprendiz aquí, así que debes estar cómoda".

Muriel apoya la frente contra la pared de la casa y al hacerlo esta se vuelve un hongo gigante. Las paredes y el piso tienen la consistencia de un champiñón, y el techo forma de cúpula. La cúpula es transparente.

Alétheia le dice: "Buena elección, así puedes ver el cielo".

Todo en el lugar tiene una vida e inteligencia propia, adaptándose inmediatamente a sus deseos.

Ni bien ingresa en el hongo este percibe sus ganas de jugar y el piso se transforma en una inmensa colchoneta blanca donde comienza a saltar. Da vueltas carnero en el aire profiriendo gritos de alegría en cada giro.

Salta una y otra vez, liviana y feliz.

"Muy bien Muriel, muy bien. Has comenzado de la mejor manera en que se puede comenzar, con alegría. El secreto está en la alegría…" La cara sonriente de Alétheia se dibuja en la cúpula, transformada ahora en una gran pantalla gigante.

La colchoneta se vuelve un mullido colchón de pasto, y las paredes del hongo crecen para alejar la pantalla y darle perspectiva a las imágenes.

Muriel se tira en el piso en el centro del hongo para observar desde allí las imágenes proyectadas en la cúpula. Si bien percibe con claridad el pulso de la tierra latiendo debajo suyo, no logra distinguir con nitidez las imágenes en la pantalla. Son demasiado oníricas, y pasan ante ella con demasiada rapidez.

"Tus conexiones nerviosas aún no están listas para procesar tanta información Muriel, pero ya lo estarán. Estás aquí para eso, para crear nuevos circuitos. Descansa. No intentes comprender lo que ves, simplemente déjalo ser ante ti. Cierra los ojos y descansa."

Alétheia aparece ahora en persona dentro del hongo y posando una mano sobre su frente invita a Muriel a entrar en un sueño profundo.

Como le cuesta volver a su cuerpo Eufrocina le sopla tabaco en la cara para ayudarla a regresar. Cuando finalmente lo logra Muriel se percibe habitando los dos espacios simultáneamente: siente la presencia su cuerpo en Tilcara, y al mismo tiempo se percibe dentro del hongo, respirando en lo profundo del valle con ella adentro.

26

Abril: cuarta toma.

Está parada frente a una arcada.

La arcada tiene a lo sumo dos metros de alto, y su base de hierro está cubierta por una hiedra tan frondosa que no deja pasar una gota de sol a través de ella. La oscuridad a su alrededor es tan absoluta que por momentos parece un muro, oscuro y húmedo. Muriel se acerca para oler una de sus flores violetas cuando siente un ligero temblor en las piernas y un frío gélido recorriéndole la espalda.

Todo en su cuerpo parece estar indicándole peligro, sin embargo esto no parece detenerla. Agarrándose de la base de hierro para inclinarse hacia adelante descubre que del otro lado hay un tobogán. El tobogán es gris y frío, de metal.

Se sienta sobre él. Si bien no sabe hacia dónde la conducirá está decidida a dejarse llevar.

Comienza el descenso en zigzag.

La caída se vuelve tan rápida y vertiginosa que el tobogán se transforma en una montaña rusa que por momentos asciende lentamente (impulsada por una fuerza que transgrede las leyes de la física) y luego cae en picada, violentamente. Una y otra vez.

A medida que desciende el clima se va volviendo cada vez más templado hasta volverse francamente caluroso. La caída parece no terminar más.

Súbitamente aparece un gato blanco sentado sobre sus rodillas.

"Hola. ¿Tú me llamaste?" le dice el gato telepáticamente, y luego agrega sin esperar una respuesta: "Aquí estoy".

"Qué lindo gatito" piensa Muriel, y cuando lo toma entre sus brazos ella misma se vuelve una niña. Ahora tiene cinco años. Lo abraza con vehemencia.

El gato es tierno y cariñoso y comienza a ronronear refregándose contra su cuello. El contacto con el animal la ayuda a recuperar la calma. Acomodándose contra el tobogán se dejan mecer por el vaivén de sus interminables curvas.

"Muy bien... Entrégate al sueño, mejor así. Descansa" escucha que alguien le dice mientras va quedándose dormida. No está muy segura respecto a quién le habla, pero ya no le importa. Antes de poder razonarlo cae en un sueño profundo.

Al despertar se descubre colgando del tracto final del tobogán. Sus bordes de metal le queman las manos, que crispadas la sostienen con esfuerzo.

Su cuerpo se bambolea peligrosamente sobre una inmensa fogata.

El gato se aferra a ella prendido con las uñas a su pollera. Observa la escena inquieto. "¿Y ahora qué hacemos?" pregunta, transpirando a chorros. —¿Qué vamos a hacer? ¡Soplemos! responde ella.

Entonces los dos se dedican a soplar con ahínco. Una y otra vez, hasta quedar exhaustos. Así generan un espacio circular dentro de las inmensas llamas que por momentos llegan a los tres metros de altura. Se forma un anillo de fuego. Saltan dentro. El gato cae parado y ella a un costado de él, de cuclillas. Cuando se mira las piernas descubre que ha crecido y ahora tiene doce años. Los bordes de su vestido (que tiene flores violetas estampadas en él) están un poco chamuscados, así es que lo sacude con fuerza para evitar que termine prendiéndose fuego. Perdió un zapato. Decide tirar el otro.

"Tenemos que volver a saltar" dice el gato. "Pero no te preocupes, yo te presto una de mis vidas. Vamos a lograrlo". Y extendiéndole una de sus patas la empuja fuera del círculo.

Sorprendida Muriel descubre que su cuerpo se ha vuelto inesperadamente ágil y pegando una voltereta en el aire salta por encima de las llamas sin dificultad.

Una vez afuera del anillo se encuentra dentro de un escenario completamente distinto. El gato ya no está, y lo que ve alrededor le genera una inmensa tristeza.

El piso está cubierto por un colchón de cenizas y hay árboles secos por todos lados. La imagen es lúgubre y gris.

Parada junto a un árbol una mujer vestida de negro la observa atentamente, como examinándola. Rodeada por un hálito de bruma verde le extiende una mano mientras un pájaro posado sobre su hombro izquierdo levanta vuelo rozándole el pelo. Sus alas negras son inmensas y tiene un filoso pico. Amenazante, se apoya sobre un árbol para vigilarla desde allí.

"Shh, tranquilo. Pasó la prueba… Es ella. Por fin. Ha llegado".

La mujer es hermosa. Una piel increíblemente blanca resalta sus ojos violáceos. Su pelo negro y extremadamente lacio se mimetiza con su túnica oscura. Es alta y flaca, e irradia una belleza inquietante.

—Te estaba esperando. Bienvenida… —le dice, sonriendo enigmática.

"Ten cuidado" le advierte el gato, que ahora se ha vuelto invisible pero le susurra al oído. "No confíes en ella. Es una bruja".

Muriel no sabe qué hacer.

Salvo por la sonrisa irresistible todo en ella le genera desconfianza. Mientras evalúa si tomar su mano o no, nota que sus dedos son anormalmente largos y sus afiladas uñas están pintadas de verde. Por momentos pareciera que su piel está a un paso de volverse verde también (le recuerda a la bruja del Mago de Oz). Pero esto no sucede, es sólo una impresión.

"Mírala bien, es una bruja". Insiste el gato. "No cedas a sus encantos".

Como sostiene la mano ante ella con tanta determinación Muriel decide retribuir el gesto amistoso extendiéndole la suya.

Cuando la toca se da cuenta que es una bruja. No tiene edad. Vive fuera del tiempo y puede transmitir cualquiera de sus edades, o todas al mismo tiempo. Primero se muestra como una niña, luego como una anciana. Después como una joven adolescente y más tarde como una adulta.

Pregunta:—¿Cómo quieres verme? ¿De qué edad?

Antes de que Muriel llegue a contestarle la bruja adopta la forma de una niña.

—Ven, acompáñame. Necesito mostrarte algo.

"No vayas. No te dejes engatusar… Hazme caso", insiste el gato. "Si continúas e ingresas en sus dominios no podré responder por ti".

Pero ya es tarde. Muriel la sigue en estado de trance.

La niña-bruja la conduce hacia un castillo.

Acompañadas por el pájaro atraviesan el campo cubierto por cenizas para luego descender por una ladera resbaladiza. Entonces arriban a un castillo que tiene varias torres en forma de picos y un puente levadizo. Lo rodea una bruma pegajosa.

A medida que se aproximan el puente levadizo desciende ante ellas crujiendo sobre una fosa de agua hedionda invitándolas a entrar. El pájaro se posa sobre un árbol seco para observarlas desde allí.

Al atravesar el puente ingresan a un gran hall de entrada adonde las recibe un grupo de mujeres. También son brujas. Se aproximan expectantes, como si hubieran estado esperándolas.

Llevan puesta la misma túnica negra que la niña-bruja, su líder.

Son once.

Una de ellas hace un gesto invitándola a pasar a un salón a donde arde una gran hoguera en el piso. Luego de armar una ronda alrededor del fuego le indican que se sume al círculo. Una bruja le ofrece una túnica, y le muestra cómo ponérsela. Muriel obedece.

—Este es tu lugar Muriel. Aquí es donde realmente perteneces, con nosotras —dice la niña-bruja mientras se transforma en una adulta provocativa.

En completo estado de trance Muriel se saca el vestido para ponerse la túnica. Al desnudarse para hacerlo descubre que tiene una manzana entre sus manos.

Las brujas se sobresaltan al ver el fruto rojo. Agarrándose las unas a las otras esperan a ver qué hace con él. Parecen asustadas.

Entonces la joven despierta. Comprende donde está, y dónde quiere estar. Recuperando la lucidez recuerda su capacidad de elegir. En ese instante comienza a irradiarse alrededor de su cuerpo desnudo una aureola de colores que paulatinamente van llenando la sala.

Las mujeres de la ronda se alejan, como si no soportaran la vibración de estos colores.

Muriel fuerza con su mente a la líder del grupo para que no escape. La obliga a acercarse. La bruja obedece. Ahora que recuperó su lucidez puede exigir obediencia.

Huele la manzana y luego la acerca hasta la nariz de la bruja para que ella también la huela. Al hacerlo la bruja comienza a envejecer, rápidamente. Su pelo se torna blanco. Un millar de arrugas le surcan el rostro transformándolo en un pergamino. En menos de diez segundos su cuerpo se transforma en una pequeña montaña de polvo a sus pies.

Al desintegrarse la bruja, la nube oscura que rodeaba al castillo se desvanece quedando alrededor suyo sólo niebla, viento y silencio. El paisaje sigue siendo desolador, pero sin la cualidad siniestra de un comienzo.

Muriel junta sus cenizas para buscar dónde enterrarlas. Sabe que es importante encontrar un sitio correcto para que pueda descansar en paz. Las envuelve en una hoja y avanza hacia unas ruinas a su derecha. A medida que camina el viento va despejando la niebla y el clima se va tornando cada vez más agradable.

Cuando ingresa en las ruinas se encuentra dentro de un pequeño patio andaluz con una gran fuente en el centro. Los azulejos del patio son azules, y hay macetas con plantas espléndidas por todos lados. Todo es fresco y cristalino aquí. Se puede oír el sonido del agua fluyendo en la fuente y los pájaros cantando en los árboles.

Entonces decide echar las cenizas de la bruja en la fuente. Apoya la manzana sobre el borde de mármol y se sienta sobre él, inclinándose hacia el agua. Cuando la fuente recibe sus cenizas se generan pequeñas ondas en su superficie transformándose en un espejo adonde puede ver reflejado su pasado. Ve a la bruja de joven, confiada y con ilusiones, vistiendo a veces de rojo, otras de amarillo y otras de blanco. Luego aparecen imágenes plagadas de furia y de dolor. Las circunstancias que la llevaron al abismo, al resentimiento y la desesperanza. Las heridas mortales recibidas y dadas. En estas escenas viste de negro.

Al tiempo que observa las imágenes Muriel las vivencia, experimentándolas en carne propia. Una interminable sucesión de experiencias dolorosas. Siente una profunda compasión hacia la bruja.

Introduce sus dedos en el agua y al hacerlo las escenas se difuminan. Desaparecen. Incluso las imágenes de su desintegración y la de ella misma reflejada en la fuente mirándose.

Así Muriel retorna a su cuerpo en Tilcara.

Conmovida.

Agradecida.

Eufrocina percibe su gratitud y asintiendo con la cabeza, le dice: —La gratitud es la llave que abre todas las puertas Muriel. No olvide esta sensación y llévesela consigo a todos lados. Siempre.

27

Esa noche Muriel sueña que está en un lago bañándose con otras mujeres.

El lago no es profundo, el agua apenas le llega a la cintura.

Al prestar más atención cae en la cuenta de que algunas de estas mujeres son las mismas brujas que la planta le mostró horas atrás. También están aquí su madre y su abuela. Y Eufrocina. Todas desnudas, incluso ella.

Hay flores blancas flotando por todos lados y un suave aroma a rosas.

El clima es templado, la temperatura del agua es agradable.

Las sensaciones en su cuerpo se van volviendo cada vez más placenteras. Siente un profundo goce al tocarse a sí misma, y una relajación que jamás había experimentado antes. Como si su cuerpo se disolviera expandiendo sus límites más allá de su piel.

Una belleza inaudita lo impregna todo.

Sus sentidos se agudizan, particularmente el olfato y la vista. Lleva una flor hasta su nariz para inhalar su aroma y al hacerlo desgrana sus pétalos introduciéndolos en su boca. Cierra los ojos para disfrutar su sabor. Los pétalos tienen un gusto suave y dulzón, y se funden en su lengua con la consistencia de la manteca. Es un elixir de los dioses.

Al abrir los ojos los colores a su alrededor se tornan brillantes. Las mujeres resplandecen. Sus cuerpos, sus rostros, sus cabellos. Hay rubias y morenas. Castañas. Mujeres con el cabello ondulado *y con el cabello lacio. Ella es la única pelirroja.*

Entonces aparece una mujer de pelo azul acercándose sonriente. Le extiende sus manos abiertas. Muriel le extiende las suyas sonriéndole de vuelta.

Con un pequeño paño verde la mujer comienza a frotarle los brazos. Ella se deja frotar. En menos de un minuto todas las mujeres del lago están frotándose entre sí, lavándose las unas a las otras.

Juegan, sonríen, se acarician.

Enjuagan sus cabellos con cántaros de barro y perfumes hechos con extractos de flores.

—Sólo el agua apaga el fuego. Primero el agua, luego el fuego. Para las brujas ese es el orden de los elementos —le susurra la mujer de cabello azul al oído, mientras le acaricia la espalda.

Muriel se despierta erotizada.

28

Quinta toma: mayo.

Asciende a través de una empinada escalera de mármol.

Colgados sobre una antigua pared de piedra, a su izquierda, hay unos inmensos cuadros reflejando una variada sucesión de imágenes en movimiento. Figuras geométricas. Colores, rayas y círculos.

A medida que asciende por la escalera a esta se le van sumando escalones y comienza a girar hacia la derecha transformándose en una estrecha escalera de caracol.

Al arribar al final de la escalera Muriel ingresa en un gran salón adonde hay personas participando de lo que pareciera ser una reunión social. El grupo es heterogéneo. Son sesenta y tres hombres y mujeres, de todas las edades y diferentes estratos sociales.

Ante su aparición uno a uno se van dando vuelta para mirarla. La escena se congela. Luego de echarle un rápido vistazo cada uno retorna a su charla, ignorándola.

Cuando Muriel avanza con la intención de sumarse a algún grupo las miradas se vuelven hoscas y amenazantes. Los rostros cambian, volviéndose pálidos como si fueran vampiros. Algunos incluso dejan entrever afilados colmillos.

Se lleva una mano al pecho. El corazón se le acelera tanto que siente que está por estallar.

La rodean.

Un hombre se arrodilla ante ella para agarrarla por los muslos y tirarla al piso. Cae. Luego se abalanzan dos mujeres tomándola violentamente por las manos para atarla a unas estacas a la altura de sus hombros.

Empalada horizontalmente Muriel espera, expectante, sin saber qué esperar. Contiene el aliento horrorizada.

Apurados los hombres y mujeres se desvisten y desfilan ante ella para orinarle encima, uno a uno. Algunos incluso le defecan. Se pelean por ver quién lo hace primero.

Comienzan a masturbarse. Algunos le abren la boca a la fuerza para eyacular dentro suyo. Otros le rasgan la ropa y la violan.

Las mujeres se frotan contra sus extremidades. Los jóvenes clavan sus colmillos en su cuello y sus antebrazos.

Paralizada por el miedo Muriel ya no respira.

No puede creer lo que le está pasando. Estas personas son más animales que humanos. Al haberse disociado de su cuerpo ya no siente el dolor, pero la sensación de degradación le resulta insoportable.

Cierra los ojos.

Entonces un hombre alto y canoso se hace paso entre las bestias para obligarla a abrirlos, cosiéndole los parpados a las cejas para mantenérselos abiertos.

—No te escapes. Mantente presente, obsérvalo todo. Y no te creas mejor que nadie… Esta también eres tú. —Sonríe enigmático—. No te resistas.

Siente los ojos secos e hinchados, como si estuvieran a punto de explotarle en sus órbitas. Tiene la boca sucia y está a punto de vomitar.

Entonces comienza a desdoblarse. Observa su cuerpo desde afuera y sus percepciones de lo que la rodea se van transformando. Se reconoce adentro y afuera de sí misma, sintiéndose la observadora y lo observado. A la vez.

Participa activamente de lo que está sucediendo. Su conciencia se identifica con todo lo que hay alrededor, incluso lo inanimado: el piso que la sostiene, las sogas que la atan. La humedad del medio am-

biente y una suave brizna rozando sus talones. Se siente parte de los hombres y las mujeres que la ultrajan, así como de la joven ultrajada.

Sin rechazo ni juicio logra registrar el impulso ciego de la bestia latiendo dentro suyo. La sed de sangre, la crueldad, la codicia. El deseo de dominio y de conquista. El anhelo profundo de ser poseída.

Su conciencia lo habita todo al mismo tiempo en un estado de perfecto equilibrio.

Pero cuando amaga por retornar a su cuerpo ingresa en ella nuevamente el miedo. El piso empieza a temblar, y los personajes alrededor a vibrar. Le cuesta enfocar la mirada y su conciencia vuelve a fragmentarse. Este estado le dura unos instantes.

Intentando entrenar su percepción se esfuerza por recobrar el estado anterior y lo logra, vuelve a percibir la escena desde un estado de comunión. Entonces registra el dolor y la ignorancia de todos y siente una inmensa compasión por ellos. Tiene unas irrefrenables ganas de rodearlos con un abrazo.

Lentamente se acerca hacia la imagen desdoblada de sí misma recostada sobre el piso y apoyando una mejilla contra su cuerpo atado y sucio comienza a llorar sobre ella, bañándola en lágrimas.

Vuelve a percibirse adentro suyo, pero ahora sin espanto. Sus ojos se le humedecen y descongestionan. Los párpados se sueltan de sus costuras y las sogas que la ataban se desanudan.

En menos de treinta segundos las bestias se vuelven amigos. La invitan a bailar. A medida que se entrega al baile sus heridas cicatrizan y los harapos e inmundicias que tenía impregnadas en el cuerpo se degradan. Danzan juntos en círculos.

Todo se vuelve diáfano y fluido.

Los hombres pierden esa cualidad siniestra que minutos atrás los había hecho parecer bestias y vuelven a ser hombres. Las mujeres vampiros se vuelven doncellas. Todos se muestran relajados y dispuestos.

La escena se erotiza.

Una pareja heterosexual a unos metros de ella comienza a besarse. Luego una mujer se aproxima para besarle el cuello. Así comienzan a enlazarse todos con todos, sin distinción de sexo o edad. Primero a través de suaves caricias, luego de manera sexualmente explícita. Empiezan a tener relaciones de a dos y de a tres, hasta de a cuatro. La excitación atraviesa su cuerpo. Siente los orgasmos de cada uno de los que la rodean, y la sensación de que en su mano están contenidas las manos de todos. Los límites de su cuerpo se expanden para fundirse con un gran cuerpo grupal.

Cuando el ritual orgiástico acaba comienzan a separarse y las caras de algunos de sus compañeros se presentan sonrientes ante ella, saludándola. Como si ahora tuvieran la necesidad de discriminarse.

Retoman la danza.

Su cuerpo se ha llenado de vigor.

Baila, exultante, en el centro de una ronda.

La aplauden.

Ella salta elevando sus brazos en todas las direcciones mientras los demás gritan su nombre, una y otra vez: "¡Muriel! ¡Muriel! ¡Muriel!".

Como no soporta tanto protagonismo vuelve a su lugar en la ronda y se larga a llorar, emocionada. La ronda se detiene. Los miembros del grupo callan, pero ella puede escuchar sus pensamientos: "No. Así no… Inténtalo de nuevo". No hay juicio en sus afirmaciones, simplemente describen el error.

La alientan a intentarlo de nuevo.

"¡Una vez más, pero ahora con alegría! El secreto está en la alegría…" la impulsan.

Al principio Muriel se avergüenza, pero luego se anima. Pasa al centro. Gira. Baila. Gira. Sonríe. Se expande y gira.

A medida que va cobrando confianza gira cada vez más rápido.

En uno de esos giros observa a través de una puerta entreabierta a Alétheia mirándola y sonriendo, complacida. Continúa girando.

Instantes después la experiencia concluye con su conciencia aterrizando sobre su cuerpo en Tilcara.

Regresa a los Andes perturbada y confundida. Vibrante. Sin saber cómo procesar lo vivido.

Lo que le ha resultado tan natural en un estado de conciencia ampliada le resulta sencillamente insoportable en el estrecho mundo de sus creencias.

Abriendo caminos en la selva.

29

Junio: sexta toma. Muriel es convidada por última vez por Eufrocina.

El terraplén de piedra desciende vertiginosamente a lo largo de las paredes internas del volcán.

Muriel camina con su hombro izquierdo pegado contra la pared.

Su pelo está empapado. Humedecida por el intenso vapor del ambiente la musculosa blanca que tiene puesta se adhiere a su pecho dejando entrever sus pezones.

A medida que avanza en el descenso las paredes de piedra se van tornando cada vez más calientes. No sabe por cuánto tiempo más logrará aguantar este calor sin desmayarse.

La lava ardiendo en lo profundo del volcán genera resplandores que iluminan su rostro intermitentemente, dibujándolo y desdibujándolo.

Cada vez que mira hacia abajo siente un irrefrenable impulso por tirarse. Siente pánico ante el impulso, y para controlarlo decide levantar la mirada fijándolu sobre la pared de enfrente. Detiene su paso, y apoyando la espalda contra la pared lleva una mano hacia su frente para secarse el sudor. El corazón le galopa en el pecho. Suspira.

"Resistir. Debo resistir".

Retoma el descenso avanzando de costado con los ojos bien cerrados. De espaldas contra la pared y con las palmas de sus manos bien abiertas tantea la textura del muro. Cada tanto abre los ojos para chequear donde está. Hay humo y cenizas por todos lados. Los ojos le arden. Decide volver a cerrarlos.

De pronto su mano se topa con una textura distinta. Abre los ojos. Detiene su paso. Mientras se gira sobre sí misma confirma la sospecha de que está ante una puerta. Pequeña, con forma de arcada y hecha de madera dura, la puerta no tiene picaporte. Parece muy antigua y está un poco chamuscada.

En el momento en que Muriel posa su mano sobre ella comienza a crujir como invitándola a pasar. Se abre sola.

No lo duda un instante, da el primer paso. Entonces una oleada de aire fresco le da en la cara produciéndole un inmenso alivio.

Detrás de la puerta hay un túnel. Muriel lo observa preguntándose hacia dónde la conducirá. La oscuridad no le permite ver nada. Acerca su cara hacia él cautelosamente.

Ni bien atraviesa el umbral de la puerta el túnel se ilumina mostrándole su consistencia, tibia y húmeda. Es carnoso y late. En ese momento intuye que está vivo, que es parte de una intrincada red de túneles, como si fuera una réplica del interior de un cuerpo humano.

Cierra los ojos para verlo mejor. La belleza de este laberinto de arterias latentes y vivas la deja boquiabierta.

Pide permiso para ingresar en él.

Se sienta tanteando si es bien recibida, y al comprobar que sí se recuesta sobre el túnel con los pies colgando hacia adelante para dejarse llevar. La arteria- túnel es acolchada. Sus paredes segregan un almíbar que la lubrica transformándola en un interminable tobogán, cómodo y resbaladizo.

A poco rato de andar comienza a escuchar gemidos y suspiros. Hay otras personas en el laberinto, descendiendo por otros túneles. Vienen de otros volcanes. Algunos de los gemidos que escucha son gemidos de placer, otros de espanto.

"La clave aquí es la entrega Muriel", escucha a Alétheia susurrándole desde su estómago. Puede oírla claramente hablar desde allí. "Mira lo que sucede con los que se resisten", le dice, mostrándole imágenes de arterias con cuerpos anquilosados dentro. Momias petrificadas, rodeadas por tejidos pegajosos y negruzcos. Los cuerpos temerosos de los que descendieron resistiéndose a la caída.

Muriel se asusta y la arteria comienza a comprimirla, adhiriéndose peligrosamente a su cuerpo.

"Renuncia a tener el control de la caída Muriel. La red te conducirá. Confía. Si te entregas a ella el viaje puede ser maravilloso, observa". Entonces aparecen imágenes de personas descendiendo en un estado de trance parecido al orgasmo. Los gemidos de placer provienen de allí.

En ese momento su percepción de la arteria cambia y comienza a sentir su latido como un pulso suave y constante. Cuanto más se relaja, más agradable. Finalmente termina volviéndose un gran masaje en todo su cuerpo. La cabeza, los hombros, la espalda y sus extremidades.

El masaje la va llevando a un estado de relajación tan intenso que entra en un estado de ingravidez.

Tomándola por sorpresa una contracción la expulsa hacia el final del túnel, que se vuelve una amapola. La amapola abre suavemente sus pétalos transformándose en una vagina. A través de esta vagina ingresa a un nuevo espacio. El piso está muy caliente aquí. Aterriza de pie.

Otras personas a su vez están naciendo de otras amapolas-vaginas. Vienen de distintas partes del mundo. Hombres y mujeres de diversas nacionalidades: árabes, europeos, asiáticos y nórdicos. Africanos. Australianos y andinos. Norteamericanos y sudamericanos.

En total son sesenta y tres, y sus edades oscilan entre los dieciocho y los setenta y seis años. Visten trajes típicos de sus países, pero a medida que se desperezan van dejando su ropa prolijamente doblada a un costado, desnudándose.

Muriel los sigue.

Entre todos van formando un gran círculo.

El piso que la recibió se vuelve arcilloso, una mezcla de polvo con arena. Antes era duro y caliente, como cemento.

Muriel observa a su alrededor buscando el lugar donde sentarse en la ronda. Finalmente se sienta entre un asiático y una australiana. Les sonríe sin hablar, ellos le sonríen de vuelta.

Lo que circula en el grupo es una corriente de simpatía fuera de lo común en un grupo de desconocidos. Como si se conocieran desde siempre, y tuvieran la costumbre de encontrarse a menudo. No hay resquemores ni dudas en sus miradas. No hay temor, ni conductas evitativas. Tampoco hay demostraciones de afecto excesivas.

Simplemente transmiten bienestar en un punto de equilibrio justo. Sin arrebatos ni exaltaciones. En calma. En paz.

Entonces cuando terminan de tomarse de las manos sucede algo extraordinario. En el momento en que el último del grupo se suma al círculo se materializa en el centro de la ronda una bola de fuego. Más que fuego parece una fuente de luz, o de energía. Si bien su consistencia es parecida al fuego, parece que contuviera en sí todos los elementos. Los conocidos y los desconocidos. El quinto elemento.

Al comienzo Muriel cree estar cerca del centro ígneo de la tierra, pero luego comprende que está ante una fuente de energía mayor. La que alimenta todos los planos.

En cuestión de segundos su mente se alinea con las de los demás, conformando entre todos una gran mente grupal que engloba los pensamientos y las vivencias de todos.

Puede percibirse a sí misma dentro del hongo en el Valle de los Espíritus, y al mismo tiempo registra a los demás dentro de sus propios espacios sagrados, en distintos puntos geográficos del mundo. Comparten experiencias. Los aprendizajes se vuelven uno.

Entonces por detrás de cada uno aparece un guía, conformando una ronda más amplia que los rodea y los contiene. Parada detrás de Muriel, Alétheia posa sus manos sobre su coronilla. Están tan calientes que casi le queman. A su vez detrás de cada guía aparece un guía que posa las manos sobre sus coronillas, uniéndose todos mediante un gran sombrero de luz que se materializa sobre sus cabezas. La luz del sombrero los eleva a un estado vibracional en el cual los límites de sus cuerpos se disuelven.

Muriel se siente en un estado de gratitud y alabanza tan profundo que no le alcanzan las palabras ni los pensamientos para transmitirlo.

Cuando los guías de la segunda ronda retiran las manos de sus coronillas el sombrero de luz desaparece y cada uno vuelve a aterrizar sobre su cuerpo, materializándose. Cada vez que uno suelta la mano de uno de sus compañeros en la ronda la bola de energía en el centro desaparece.

"Cada uno tiene Su lugar en las rondas", le susurra Alétheia al oído. "Y es el Encuentro de Todos lo que manifiesta el Origen. Juntos. Cada uno es una llave imprescindible. Si no es con todos, no es. Con que uno de nosotros se salga del círculo, dejamos de percibirlo".

En estado de plenitud Muriel retorna a su cuerpo en Tilcara.

Cuando abre los ojos no recuerda nada de lo sucedido. Sólo registra sensaciones extrañas en su organismo, como si estuviera habitado por un cuerpo nuevo, más vital y liviano.

Repite una y otra vez: "Todo lo que es, me habita. Aquí, ahora. Juntos". Imprime esta frase en su memoria como queriendo impedir que se le olvide.

Eufrocina la observa.

"Bienvenida al presente Muriel. Lo único que realmente existe". Le dice sin mover los labios.

Y Muriel la escucha.

Uno de los tantos regalos recibidos.

30

Luego de la última toma Muriel se sueña ingresando dentro de una habitación amplia y luminosa. Muchas de las mujeres de su familia están allí. La mayoría son ancianas y visten fastuosos trajes de fiesta. El lugar está ambientado en oro y plata, incluso los vestidos.

A medida que avanza las mujeres la reciben con afectuosos abrazos y apretones de manos.

Son veintisiete en total. La esperaban.

A la primera que reconoce es a su abuela paterna. Luego a su abuela materna y a su madre, Geraldine. Finalmente a sus cuatro bisabuelas. Salvo por la bruja inicial de su linaje que está parada junto a su madre no distingue al resto de las mujeres con claridad, aunque sabe que todas son miembros de su familia.

La sorprende la luminosidad de sus rostros. Todas, incluso su madre y la bruja se muestran radiantes. Aquí todas son bellas y luminosas, como si representaran la mejor versión de sí mismas.

Se organizan en círculo invitándola a pasar al centro. Quieren entregarle un regalo. Ella está abrumada ante tanto protagonismo (preferiría quedarse en la periferia) pero animada por la amabilidad de sus sonrisas se decide y pasa.

La mayor de las ancianas camina en dirección a ella con un objeto extraño en las manos y le dice, orgullosa: "Si bien aquí somos veintisiete, en realidad somos cuatro millones, ciento noventa y cuatro mil, trescientas cuatro mujeres las que te gestamos como bruja. Y otros tantos hombres. Veintitrés generaciones". Luego le hace entrega del regalo.

El objeto en sus manos es una mano azul y vaporosa que levita sobre un círculo de plata. Cuando Muriel la toma y la acerca para observarla mejor la mano se desdibuja reflejando en su palma abierta el cosmos. Las imágenes se suceden vertiginosamente. Tiene vértigo. Mareada y a punto de caerse recupera el equilibrio afianzándose sobre sus pies. Se pregunta si se habrán dado cuenta de lo que acaba de suceder. Tal vez ella no es la indicada para recibir este regalo. Pero luego lo toma y se inclina ante la anciana haciendo una reverencia.

En el instante en que el objeto-mano toca su pecho se transforma en un pequeño objeto que se cierra abruptamente, como si fuera un estuche de anteojos. Puede escuchar el clic del estuche cerrándose. Cuando lo mira más detenidamente el estuche se expande transformándose en un gran libro, antiguo y dorado. Muy pesado.

Mientras se retira de la habitación con el libro en las manos comprende que lo que acaba de suceder implica una gran responsabilidad, una misión. Las ancianas así se lo dan a entender. Si bien es una misión personal, también es una misión familiar.

No sabe cómo interpretar este legado, si como una bendición o una maldición.

Lo que sabe con certeza es que no puede negarse a aceptarlo.

Desde una puerta trasera en el fondo de su mente Muriel escucha a Alétheia por última vez diciéndole: "De ti depende que se transforme en una bendición o una maldición Muriel, de tu percepción. Nuestra percepción es lo que crea nuestra realidad, y esta depende de la capacidad para conectar del observador, de su conexión con la fuente. Por eso estoy aquí… Déjame obrar en ti, y verás más allá de lo que puedas imaginar. Verás lo extraordinario dentro de lo ordinario".

Muriel está lista para dejar los Andes.

31

Cuando regresa a Tilcara y ve los cambios operados en Muriel, Blas se queda boquiabierto. Ya prácticamente no queda nada de la joven frágil y angustiada que conoció hace menos de un año. Ahora es pelirroja, parece más alta, y está irreconociblemente flaca. La mitad de la mujer que era estando embarazada. Pero por encima de su apariencia lo que realmente lo sorprende es el cambio en su actitud. Su mirada, hasta en la manera de caminar parece otra. Ahora se mueve lenta y pausadamente, sugestiva. Casi felina. Antes había algo reactivo en sus movimientos. Un alma al borde del abismo.

Esta nueva versión de ella tiene una quietud y una serenidad que la vuelven inquietantemente atractiva.

—Espero que no pienses que mi intención fue abandonarte aquí todos estos meses María. Si no volví antes fue por sugerencia de Eufrocina. Ella me dijo que no volviera hasta que no hubieran terminado su trabajo, y que me avisaría cuando estuvieras lista.

—Antes que nada Blas, me llamo Muriel. Insistes en llamarme María... Es un lindo nombre, no lo niego, pero no es mi nombre. ¿Puedes llamarme Muriel? —Muriel sonríe risueña. Alegre y distendida, se abalanza sobre Blas para darle un beso en la mejilla.

—Perdoname. Muriel, es verdad. Me quedé fijado en eso de cubrirte con el nombre María, y me cuesta identificarte como Muriel.

—¡Te estoy cargando Blas! No te preocupes, me importa un comino cómo me nombres. Llámame como quieras. Si para ti soy María, ¡pues María seré! —Lo abraza con fuerza—. No te imaginas lo contenta que estoy de verte.

Blas está incómodo. No sabe qué hacer con sus manos. La abraza poniendo distancia y luego tose buscando una excusa para soltarla. Si bien es un hombre sensible, se vuelve parco a la hora de las demostraciones de afecto demasiado efusivas.

—Yo también me alegro. Se te ve muy bien Muriel. Es impresionante... Sos otra. —Se dirige hacia su mochila para sacar de allí unos papeles y unas bolsas con comida. Las apoya sobre la mesa. Muriel se sienta junto a él mientras lo observa acomodar las bolsas.

—Sí. Fortunata y Eufrocina me cuidaron de maravilla. No existe un mejor lugar en el mundo adonde podrías haberme traído Blas, créeme. De no haber sido por ti, y por ellas, estaría muerta. En cambio estoy más viva que nunca.

—No sabés cuánto me alegro. Y cuánto lamento lo del embarazo... Fortunata me mantuvo al tanto de todo. No sé si te mandó mis saludos...

Muriel baja la mirada.

—Sí. Por supuesto. Fortunata y Eufrocina siempre hablan de ti. Y muy bien, *of course*. Gracias por preocuparte. Pasé por el mismísimo infierno, pero por suerte logré sobrevivir.

—Ya veo. Se nota. Yo sabía que aquí en Tilcara ibas a estar bien ¡Pero no me imaginé que tanto! ¿Sabés a qué hora vuelve Fortunata? Le traje unas cosas que me encargó y quisiera saludarla para dárselas personalmente antes de irme a descansar. Estoy filtrado del viaje. Viste que viajar hasta aquí desde Buenos Aires puede ser agotador.

—Sí. Dímelo a mí... Debe estar llegando en un rato. Che, Blas... —Cambia el tono de voz, poniéndose seria—. ¿Pudiste hablar con la familia de Santiago? ¿Cómo están? ¿Cómo han reaccionado ante todo lo que pasó?

Blas deja a un lado las bolsas y se sienta de frente a ella.

—Y... Están todo lo bien que se puede estar en estas circunstancias, imaginate. Cuando se enteraron lo del embarazo se pusieron muy mal.

Muriel cierra la boca frunciendo los labios.

—Me imagino... ¿Les dijiste que nuestro hijo se llama Tomás? Fue un varón. Es importante que sepan su nombre. Y que sepan que si alguna vez quieren venir a traerle flores aquí pueden hacerlo, en el cementerio. Aquí están sus restos, en el nicho de tu familia. Fortunata amablemente me cedió un lugar. Tal vez puedan traerlo a Santiago algún día, y juntarlos en un nicho propio. Porque el cuerpo de Santiago se los entregaron ¿no? El cuerpito de Tomás debe quedar aquí. Es importante que quede donde nació.

—Sí. Tuvieron esa suerte. En los tiempos que corren resulta un lujo recuperar el cuerpo de un familiar. Es ridículo, pero es así. Como figura caído en combate pudieron recuperarlo.

—Bien. Muy bien... Me alegro... Muy bien... Algún día mi cuerpo descansará aquí también, y me hace ilusión que estemos los tres juntos. Pero quien sabe... —Mientras habla Muriel acomoda el mantel de flores sobre el cual Blas acomodó las compras—. Ya no estoy enojada sabes. La pipa sagrada de Eufrocina me ha enseñado muchas cosas. Entre otras cosas a entender que todo lo que sucede tiene un sentido, aunque no lo entendamos. Y a estar en paz con mi destino. Estamos de paso Blas. Santiago y Tomás se fueron antes, eso es todo. Cada uno parte cuando tiene que partir.

Blas la mira en silencio. Su mirada penetrante se fija en ella sin emitir una palabra.

—Ahora estoy lista para volver a Perú a verla a Tita, y después a Boston a enfrentar a mi madre y mis hermanos. Tengo muchas cosas pendientes con ellos, y tengo que enfrentarlos. No puedo seguir postergándolo. ¿Piensas que será fácil cruzar la frontera? ¿Cómo están las cosas en Buenos Aires? Aquí en Tilcara por suerte es como vivir en otro mundo. Otra Argentina.

—Las cosas están bien jodidas Muriel, no te creas. En todo el país. Pero con los documentos truchos que tenemos y Cirilo que puede ayudarnos a cruzar la frontera vas a estar bien. Me vine especialmente de Buenos Aires para cruzarte. Hasta que no estés encaminada en Bolivia no me quedo tranquilo.

—Eres un santo Blas, de veras. No sé cómo agradecer todo lo que has hecho por mí. Es increíble, de verdad. Todavía no puedo creer que vayas a acompañarme tú mismo a cruzar la frontera. Para colmo aún hace frío de noche... ¡Así que vamos a congelarnos!

—No vamos a congelarnos, y no soy ningún santo. Creeme. Nada más alejado de la realidad, no me conocés. Simplemente hago lo correcto, y lo que me gustaría que otros hicieran por mí si estuviera en la misma situación. Además, lo hago en honor a Santiago que si bien no era un amigo íntimo, fue un hombre valiente a quien respeto. Entregó la vida por sus compañeros.

Muriel se lleva las manos al cuello y luego baja la cabeza escondiéndose bajo su pelo.

Traga saliva. Calla.

Hace meses que nadie los nombraba.

Hablar de ellos se los ha traído de vuelta a la conciencia haciendo que cobren vida. Fantasmas del pasado que regresaban, sin aviso, vivos como nunca.

Comprende que más allá de sus nuevas vivencias sus ausencias aún le duelen. En el cuerpo le duelen, como si no se hubieran ido.

Blas entiende y calla.

Sentándose a su lado, en silencio, la toma de las manos.

Sus manos grandes y torpes la rescatan.

32

—Quién diría que mi discípula terminaría siendo una gringa ¿no? Pero es así nomás. El mundo ya no tiene fronteras, ese es el mensaje del Gran Espíritu. Lo importante no es el color de la piel, sino la entrega mutua. —Le sonríe y luego la abraza—. Estoy muy orgullosa de nuestro trabajo juntas ni niña. Tiene usted una gran fortaleza, y la vida le ha puesto pruebas a la altura de esa fortaleza. —La suelta para mirarla a los ojos, y luego con tono pausado agrega—: Tal vez en el futuro pueda parecerle que ha olvidado las enseñanzas que la planta le ha dado. Pero sepa que si las necesita, ellas volverán a usted. Las recordará. Mientras tanto se lleva el Espíritu y el Viento de los Andes dentro. Ellos la sabrán guiar.

Eufrocina toma de los hombros a Muriel y la invita a abrigarse cerrándole el poncho sobre su pecho.

—El viaje es largo y hará frío mi niña. Abríguese que no queremos que se pesque una pulmonía cruzando la frontera. El bolso que armó Fortunata tiene todo lo que necesita para el viaje. Comida, abrigo, y medicina andina. —Le acomoda un mechón de pelo tras la oreja y luego tomando su cara entre las manos acaricia sus mejillas. Prosigue: —Está lista para partir y compartir con los suyos lo aprendido. Ya es una mujer libre, y el camino la espera. Disfrute de él.

Muriel la escucha asintiendo suavemente con la cabeza. Luego dirige su mirada hacia Fortunata, quien parada discretamente a su izquierda las escucha en silencio. Le extiende una mano invitándola a acercarse.

Fortunata avanza con la cabeza gacha y arrastrando los pies, como pidiendo permiso. Parece apesadumbrada.

Muriel toma a ambas mujeres de las manos.

—La vida ha sido generosa conmigo. Si bien me ha quitado, me ha dado tanto a cambio. Geraldine no supo ser una madre para mí, pero la vida me las trajo a ustedes, mis ángeles. Porque claramente eso son. No sé qué hubiera hecho sin ustedes. O sí lo sé, estaría muerta. Probablemente.

Las suelta. Sonríe.

Se dirige hacia Fortunata juntando las palmas de sus manos ante su pecho. Se inclina ante ella.

—Doña Fortunata Ventura, hija de Doña Eva Colque y Don Eulogio Ventura. Corazón noble y generoso, no esté triste. Me voy contenta y llenita de amor. Gracias por recibirme en su casa y ser mucho más que una abuela andina para mí. Ha sido una abuela, una madre, un ángel. Gracias por alimentarme y cobijarme. Por ayudarme a parir mi hijo, —se le quiebra la voz— y recibirlo en el nicho de su familia. Le encargo unas flores para él en el aniversario de su nacimiento y muerte, y si no es demasiado pedirle una ofrenda en su mesa cada primero de noviembre. Fortunata frunce los labios y haciendo un esfuerzo por no llorar asiente con la cabeza.

Recuperando la compostura Muriel sonríe e inclina su cabeza en un gesto de gratitud. Luego se dirige a Eufrocina.

—Doña Eufrocina Carriego. Hija de Doña Bernardina Laguna y Don Evaristo Carriego. —Vuelve a llevar las manos hacia su pecho, pero esta vez abiertas y colocadas una sobre la otra a la altura de su corazón—. Corazón sabio y valiente. No encuentro palabras para agradecerle. No las encuentro porque no existen. Sólo puedo decirle que vaya adonde vaya, usted irá conmigo. Que si Doña Fortunata y usted me ayudaron a parirlo y enterrarlo a Tomás, usted me ayudó a enterrarme y desenterrarme a mí misma. Me impulsó a morir y a nacer de nuevo, enterita. Gracias. Gracias. Gracias. Por siempre gracias. Aunque el tiempo no exista. —Sonríe pícara—.

Eufrocina responde sonriendo e inclinándose hacia adelante con las manos abiertas sobre su corazón.

Muriel toma su bolso y luego de cargarlo sobre su espalda las abraza a las dos al mismo tiempo.

—No me despido, porque ya no creo en las despedidas. Hasta siempre mamacitas. Que Dios las bendiga, siempre. —Y se da vuelta para dirigirse hacia la vieja Chevrolet adonde Cirilo y Blas la esperan, listos para partir rumbo a la frontera.

Está amaneciendo, deben aprovechar la luz del día.

33

Blas maneja la camioneta despacio.

Sentada en el asiento del acompañante Muriel le ceba unos mates mientras Cirilo duerme una siesta en el asiento de atrás usando las mochilas y las bolsas de dormir como almohadas.

—Estamos yendo rumbo el noroeste, hacia la Laguna de Vilama. Allí Cirilo va a conducirnos por un antiguo camino de arrieros y contrabandistas adonde no hay controles. El camino une la comunidad de Vilama con Quetena, en Bolivia. Dejamos la camionera en Vilama y cruzamos en mulas. Tenemos varios días de viaje, pero si te entregás, el camino puede ser maravilloso. Vas a ver. Además estamos equipados para no pasar hambre ni frío, quedate tranquila. Cirilo conoce la zona como nadie, y tiene los contactos que se necesitan para cruzar sin que nos jodan.

Cirilo se despierta. Muriel se da vuelta y sonriéndole le dice:

—¡Que buena siestita! ¿Le cebo unos mates Don Cirilo?

El hombre asiente en silencio.

Mientras le pasa el mate Muriel agrega: —Gracias Don Cirilo. De verdad, estoy muy agradecida por todas las molestias que se está tomando para ayudarme a cruzar.

Cirilo es un andino maduro, hosco, con mirada penetrante y de pocas palabras. De hecho casi ninguna. Su cara impenetrable no transmite nada. Asiente levemente con la cabeza y luego fija su mirada en el parabrisas.

Incómoda, Muriel se da vuelta. Observa a Blas y se acomoda sobre su asiento mirando hacia adelante.

—Sí... Voy a disfrutarlo al viaje. Los paisajes son increíbles. Los colores, las texturas, las sierras... Una belleza, de verdad. Con decirte que hasta no siento necesidad de música. Y mira que yo estoy siempre queriendo ponerle música a todo. Pero aquí no es necesario. El silencio lo dice todo, como si el paisaje te hablara. Es impresionante.

—Bueno, disfrutemos del silencio entonces —dice Blas invitándola a callar.

Con Cirilo y Blas el silencio se impone.

34

Los primeros días Muriel se siente incómoda frente al silencio brutal de sus compañeros de ruta.

Además, le duele todo el cuerpo de andar en mula tantas horas al día y el camino se le hace interminable. Ni hablar del frío.

No sabe cómo interpretar los silencios de Cirilo, que por momentos parece mirarla con desprecio y después la mira con indiferencia, como si para él no existiera.

Para colmo de males Blas comenzó a actuar igual. Como si el espíritu de los Andes se hubiera apoderado de él, se transformó en una inmensa habitación a oscuras, sin ventanas ni puertas. Serio y contemplativo, podía pasar horas sin emitir un sonido.

Al principio pensó que tal vez estaba enojado por algo que ella ha dicho o hecho, pero luego comprendió que lo que le estaba pasando iba más allá de lo que ella pudiera hacer o decir. No era personal. De hecho, ninguno de los dos actuaba en relación a ella. Simplemente transitaban el camino, y sus silencios la estaban invitando a hacer lo mismo.

Cuando lo comprendió y se entregó al paisaje el silencio dejó de perturbarla. Al contrario, lo agradecía. Los rostros de Cirilo y de Blas dejaron de ser inaccesibles y se volvieron amigables.

Cómodamente, el silencio los fue rodeando a todos.

35

Las noches son frías y estrelladas. Las estrellas más bellas del hemisferio sur.

Cuando el sol baja se refugian del frío dentro de una pequeña carpa de cuero. Cirilo se ubica a la izquierda, Muriel a la derecha y Blas en el medio.

Luego de comer junto al fuego se acomodan de a uno dentro del pequeño habitáculo recostándose sobre mantas de llamas y viejas bolsas de dormir.

Muriel siente la respiración de Blas rozándole la nuca y el calor de su cuerpo buscándole la espalda. Cada noche su cuerpo y su respiración se acercan un poco más. Inquietante, perturbadoramente.

Hace más de un año que no comparte intimidad con un hombre, y la presencia de Blas y su calor comienza a transformarse en una necesidad.

Si no estuviera Cirilo en la carpa ya habrían hecho el amor, sus cuerpos se atraen más allá del frío. Pero la presencia del guía resulta el argumento perfecto para no lanzarse el uno en los brazos del otro.

La última noche Cirilo se acuesta mirando para otro lado y ellos duermen abrazados, alejando el frío y las ganas de devorarse.

Cuando finalmente llegan a la pequeña población de Quetena Blas y Muriel se han vuelto inseparables.

Mucho más que amantes.

36

Llega el momento tan anhelado, y temido.

Mientras Cirilo acomoda la mochila en la bodega del micro que la llevará rumbo a La Paz Muriel toma de las manos a Blas. Lo mira a los ojos y le sonríe como nunca.

—Hay caminos que están fuera del tiempo Blas, y este ha sido uno de ellos. En estos caminos las distancias no existen, y por un segundo somos uno. —Lo abraza mientras le susurra al oído—. Un honor inconmensurable haberte conocido. Que existas. Qué más puedo decirte *my darling*... —Se separa y agrega—: Salvaste mi vida en Buenos Aires. Compartiste conmigo tu hogar, adonde me fue revelado todo lo que necesitaba saber sobre mí misma. Me impulsaste al silencio atravesando fronteras que van más allá de los territorios. —Le acaricia una mejilla—. Yo sé que las palabras no alcanzan, y la mayoría de las veces son innecesarias. Pero esta vez tengo que decirlas: estarás conmigo siempre, aunque nunca volvamos a vernos. Gracias.

Él no dice nada. Agarra su rostro entre las manos posando su boca sobre su entrecejo. Se detiene allí.

Luego se aleja para mirarla a los ojos y delicadamente le da un beso en la boca.

Un beso suave y eterno.

CUARTA PARTE

Nicolás

1

Antes de retornar a Estados Unidos, Muriel pasó unos meses por Cusco para estar un tiempo con Amalia, lo cual resultó un verdadero bálsamo para las dos. Reencontrarse tras la larga travesía al infierno que habían significado los últimos dos años fue un regalo.

Rogando porque no le hubiera pasado nada malo Tita esperó ansiosa durante meses aunque fuera un par de líneas que le anunciaran que todo estaba bien. Era insoportable no poder estar con ella, y peor aún no saber si estaba viva o muerta. Una agonía lenta.

Cuando recibió la noticia de que Tomás había muerto sintió que se le partiría el corazón. Deambuló desolada durante días.

Sólo cuando la joven regresó a Cusco recuperó la calma. Sorprendida, descubrió que prácticamente no quedaba nada de la joven triste y contrariada que supo ser toda la vida. Su mirada se había vuelto diáfana, y el enojo en el cuerpo se le había ido. Lo sintió en el instante mismo en que la abrazó.

Muriel ya no era la misma.

Restaba saber si este cambio era para mejor, o no. Y qué diablos le había sucedido para generarle semejante cambio.

—Ay mi niña, mi niña... Cómo la he extrañado pues. No puede hacerle esto a una pobre vieja como yo... Casi me ha matado del disgusto. —Terminó de decir esto y se arrepintió tapándose la boca con las manos—. Discúlpeme Mumi, soy una egoísta. Lo importante es que está de vuelta, y enterita. Eso es lo único que importa. No vamos a venirnos ahorita con eso de los reproches, de "yo se lo dije", y todo eso ¿no? No tiene sentido.

—Exacto mamacita. No tiene sentido. Lo importante es que estoy de vuelta. Y lo más importante Tita, es que estoy bien. Las experiencias que viví en la Argentina no me vencieron, créame, me fortalecieron.

—Sí. Eso puedo notarlo. Está usted muy cambiada. Y se la ve enterita. —Tomándola de las manos agregó—: No sabe cuánto me alegro hija, de verdad. Cuénteme. Cuéntemelo todo. La escucho. Quiero saber qué es lo que le ha pasado en la Argentina que me la ha cambiado tanto.

Muriel le contó todo.

Habló detalladamente de la militancia de Santiago y de su embarazo. De la huida intempestiva hacia Tilcara, y del nacimiento y la muerte de Tomás.

Amalia la escuchó rodeándola con un silencio sagrado.

Cuando el relato llegó a la instancia de la muerte de Tomás tragó saliva haciendo un gran esfuerzo por no llorar. Le resultaba insoportable escucharla, pero al mismo tiempo estaba sorprendida con la entereza con la que Muriel lo contaba.

Ella percibió lo que estaba sintiendo, pero decidió no entrar en el carril de la tristeza. Le habló de Fortunata y de Eufrocina. De Alétheia y sus enseñanzas. Del despertar de su conciencia y la paz espiritual que esto le trajo.

Al finalizar el relato Amalia concluyó:

—Cuánto me alegro de que la vida le haya acercado estas experiencias Mumi querida, y que usted haya podido transformarlas en enseñanzas. Evidentemente es una bendecida. No sólo logró sobrevivir al infierno, sino que su sufrimiento se volvió abono para su florecimiento. —Muriel sonrió—. Así como Dios me trajo a mí a su vida, se las trajo a Fortunata y a Eufrocina. Por esto les estaré siempre agradecida. Cuanto me alegro por lo que me ha contado, de veras.

Su reconocimiento y gratitud son sinceros.

2

Por siete meses Muriel disfrutó de Tita y de Cusco.

Su plan era retornar a Boston para enfrentar a su familia antes de perder la claridad que le había dado la planta, pero una cosa fue llevando a la otra y se fue quedando.

Necesitaba disfrutar tranquila de Amalia y del Altiplano. Recorrió Machu Pichu, viajó a Lima para conocer a parte de su familia andina y disfrutó del Océano Pacífico.

Se compró una guitarra, y poco a poco fue reconectándose con la música.

Tita "era" la música de su infancia. Escucharla la devolvió a un territorio amado y lejano, como si hubieran pasado décadas desde la vez que partió rumbo a la Argentina, no dos años.

Otra vida.

3

Boston.

Geraldine yace postrada sobre la cama de un hospital, el más exclusivo del condado. Padece cáncer de intestino y hace meses que se debate entre la vida y la muerte.

Después de la segunda tanda de quimioterapia sufrió complicaciones cardíacas, y su cuadro clínico se deterioró rápidamente. A cada mejoría le sigue una recaída, y su estado de salud es cada vez más crítico.

Si bien es una mujer joven (tiene sesenta y tres años) en pocos meses ha envejecido, vertiginosamente. Parece una anciana. Verla así produce un enorme impacto en Muriel, quien casi no la reconoce.

Luego de los saludos y las sonrisas pertinentes Muriel y Geraldine se quedan a solas para encarar la charla pendiente de hace tantos años.

Empieza Muriel: —No sé si este es el mejor momento para hacerlo Geraldine, pero tenemos que hablar. Realmente no es mi intención dañarte, sabes, pero necesito que me respondas unas preguntas. Tú siempre has sido una mujer fuerte y frontal, y tal vez esta charla nos libere a ambas.

Geraldine la observa con suspicacia.

—Okey. Después de todo estoy muriendo… Y no vamos a tener muchas más oportunidades para hacerlo. ¿No es cierto? —Se acomoda sobre la cama—. Acepto. Pero con una condición:

Que tú respondas las mías. Porque yo también tengo preguntas.

—Me parece justo. Empecemos por ti. ¿Qué deseas saber?

—¿Qué es lo que te dio ella que nosotros no te hayamos dado? Aquí podrías haberlo tenido todo, sin embargo elegiste irte con ella. Tal vez no estuve presente en tu infancia, es verdad, lo reconozco. Era muy joven y tú naciste después de tres hijos varones, estaba cansada. Luego sucedió lo de tu padre... Pero tienes que reconocerme que cuando me recuperé hice un esfuerzo enorme para ganarme tu cariño. Cuando ella se fue lo intenté todo, una y otra vez. Pero nada fue suficiente. —Muriel nota la tensión con que se refiere a Tita, que no puede ni nombrarla—. Realmente quería que fueras la hija que toda madre sueña tener, que me quisieras y me admiraras. Que tomaras todo lo que esta familia tenía para darte, que no es poco. Pero tú sistemáticamente te negaste. Me rechazaste. ¿Por qué?

—Ay Geraldine... ¿Qué puedo decirte? Supongo que no es culpa de nadie. Simplemente llegaste tarde. Tarde recordaste que tenías una hija, y cuando quisiste ocupar tu lugar Tita ya lo había hecho por ti. Por otro lado tenemos sensibilidades distintas, tú lo sabes. Ni tú ni yo somos culpables de eso. Simplemente es así, no nos gustan las mismas cosas, no somos afines. Eso no es culpa de nadie. Simplemente es. Que seamos madre e hija no quiere decir que tengamos que ser iguales. Sí deberíamos haber podido aprender a aceptar nuestras diferencias, y querernos como éramos sin intentar cambiarnos. Ninguna de las dos pudo. Pero nunca es tarde. Quiero que sepas que en este largo viaje a Sudamérica yo he visto y comprendido muchas cosas, y una de ellas es que soy miembro de esta familia. Aunque no lo haya querido aceptar antes. Y que a través de tu vientre estoy conectada con una inmensa cantidad de mujeres a las cuales les debo gran parte de lo que soy. Somos muy distintas, y sin embargo nuestras diferencias nos completan. Si hay algo que he aprendido es que debo intentar no emitir juicios, sobre todo respecto a ti. Por eso ya no estoy enojada contigo. De veras.

Muriel acerca su silla a la cama. El tono de su voz es cálido y pausado.

Inquieta ante su cercanía, Geraldine se acomoda contra las almohadas.

—Por eso necesito hacerte esta pregunta sin ningún tipo de juicio Geraldine, de veras. Sólo necesito saber la verdad. Comprender qué es lo que realmente sucedió aquella noche con *Daddy*. Si lo hablamos, tal vez esto no se transforme en un tumor maligno para toda la familia. Podría liberarnos a todos. Créeme, esa es mi intención, sanar nuestras heridas. No abrirlas más.

—Okey... ¿Cuál es la pregunta entonces? —Geraldine está ansiosa, incómoda.

—¿Qué pasó aquella noche, la noche en que *Daddy* murió? ¿Fue realmente un accidente, o hubo algo más? Soy grande, créeme que puedo escuchar la respuesta. Lo que sea. Nada va a asustarme.

Geraldine se queda mirándola fijamente a los ojos, petrificada. No se mueve ni respira, ni siquiera parpadea. Sus ojos violáceos parecen de vidrio. Luego de un prolongado silencio, pregunta:

—¿Estás segura de que puedes soportar la respuesta Muriel? Yo misma no sé si puedo escucharme dándotela. Jamás se lo he dicho a nadie en mi vida. Jamás. Nunca lo hablé con nadie... Y no sé si puedo hacerlo. —Se le quiebra la voz y calla.

Muriel arrastra un poco más la silla para quedar a la altura de sus manos. Ante la posibilidad de que la agarre Geraldine cruza los brazos por encima de su abdomen. Cierra los ojos.

—Okey. Voy a intentarlo. Pero luego no me digas que no te lo advertí. Me había propuesto llevar este secreto a la tumba, pero tú has insistido... —Luego de un prolongado silencio abre los ojos—. Tal vez he esperado que alguien me haga esta pregunta toda la vida. Tal vez necesito hablarlo con alguien antes de morir, aunque sinceramente tengo mis dudas de que tú seas la persona indicada. Pero por otro lado eres tú quien ha hecho la pregunta...

Muriel se acomoda irguiéndose sobre la silla como si estuviera a punto de enfrentar una dura prueba.

Geraldine suspira.

—Sí Geraldine, créeme. Yo soy esa persona.

—No sé si lo eres. Lo que sí sé es que tú eres quien más amó a tu padre en esta vida. Y también sé positivamente que te resultará tremendamente difícil escuchar lo que voy a decirte sin que termines odiándome. Por otro lado tal vez debas saberlo, después de todo la verdad es la verdad.

—Te escucho. Soy todo oídos.

—Richard era un hombre bueno. De todos los hombres con los cuales podría haberme casado, él era la mejor opción. Sin lugar a dudas. Lamentablemente yo nunca lo quise. Él hubiera merecido una mujer que lo amara, y esa mujer no era yo. Claramente no lo era. El tema es que yo estaba imposibilitada para amar a cualquier hombre, simplemente incapacitada. —Sacude su cabeza de un lado a otro, repitiendo el gesto una y otra vez, y juntando valor declara—: Imposibilitada por un sencillo motivo, y ese motivo es que yo ya estaba enamorada de otro hombre. Perdida e irremediablemente enamorada. De mi hermano, Thomas. No había hombre en este mundo que pudiera competir con ese amor, tenía raíces demasiado profundas.

A Muriel se le hiela la sangre.

Ella siempre había intuido una alianza turbia entre Thomas y su madre (por eso nunca había confiado en él) pero se lo había adjudicado a la mutua ambición por el dinero. Jamás esto.

—¿Thomas? ¿Qué insinúas? No entiendo... —Cuando nombra a su tío repara en el hecho de que le había puesto el mismo nombre a su hijo: Tomás. Nunca había hecho aquella asociación, y esto le impacta en el pecho produciéndole una extraña mezcla de dolor y culpa—. Es una locura lo que estás diciendo Geraldine. Explícate mejor por favor, no debo estar entendiéndote.

—Has entendido perfectamente Muriel, como te he dicho. Thomas y yo fuimos amantes desde la adolescencia. Intentamos separarnos varias veces, pero no lo lográbamos. Hasta la muerte de tu padre.

A Muriel se le detiene la respiración. Lleva una mano hacia su pecho intentando constatar que su corazón siga allí. Después de una pausa agrega: —¿Y qué tiene que ver con la muerte de *Daddy*?

—Esa noche tu padre nos encontró. Yo intenté detenerlo Muriel. Intenté explicarle... Pero nada fue suficiente. La mirada en su rostro cuando escapó es algo que jamás olvidaré. Yo lo maté. Yo lo empujé a que se matara. La versión del accidente me dejó tranquila por un tiempo, y de tanto repetirla terminé creyéndomela. La lluvia, un desperfecto técnico... Necesitaba creerlo. Pero lo cierto es que tu padre decidió terminar con su vida. Y la responsable de esa decisión fui yo. Esa es la condenada verdad. Y esta es la verdad que tú necesitas saber, aunque me odies por ello. Pero también quiero que sepas que después de aquel día Thomas y yo jamás volvimos a estar juntos. La muerte de tu padre no fue en vano, me liberó de una carga insoportable. Una adicción de la cual no lográbamos salir, ni Thomas ni yo. Su muerte fue el límite que contuvo ese impulso malsano. Nos curó. De eso al menos, porque luego tuvimos que aprender a vivir con la culpa.

Muriel cierra los ojos y se lleva ambas manos al pecho. Respira mientras siente como las lágrimas ruedan por sus mejillas.

Un mar de lágrimas.

Llora por Richard, por Geraldine, por Thomas. Llora por sus hermanos y por toda su familia. Puede sentir el peso con el que cargó su madre todos estos años. Las adicciones, los abusos, el secreto y la vergüenza. El miedo a ser descubierta. La locura de todo su linaje depositado sobre ella.

Abre los ojos y la mira.

—Ay mamá. Qué pesadilla. No sabes cuánto lo lamento. Qué gran dolor cargas...

Su madre la mira desconcertada.

—No comprendo Muriel... ¿Te confieso estas atrocidades y

tú lo único que me tienes para decirme es "mamá" por primera vez en la vida? Eres tan extraña hija. Pensé que luego de esto me odiarías...

—No Geraldine. No te odio, todo lo contrario. Te quiero. Después de lo que me has contado más que nunca. Además, ¿qué puedo decirte? Bastante tienes ya con tus remordimientos.

Muriel frunce los labios. Se acerca para abrazarla.

Geraldine irrumpe en llanto y se desploma en sus brazos.

4

Esa misma noche Muriel sueña que su madre está atrapada dentro de un cuadro.

Dibujada en carbonilla Geraldine gime, suplicando por ayuda. No tiene brazos ni piernas, y no puede hablar. La imagen es cruel y hermosa.

Ella se acerca cuidadosamente para tomar el cuadro entre sus manos y descolgarlo de la pared. En el instante en que lo hace su madre sonríe, desdibujándose dentro del lienzo.

El marco queda apoyado sobre el piso como un gran agujero desde donde brotan cenizas y humo.

Un misterioso agujero hacia el otro mundo.

Al día siguiente su madre muere.

5

Después de hacer las paces con su familia Muriel decide instalarse en Nueva Orleans. Allí se dedica a hacer música y disfrutar de su nueva vida.

A pesar de su insistencia, Tita se niega sistemáticamente a abandonar Perú. Dos veces al año viaja a Cusco para reencontrarse con ella, y no perder el contacto con su familia andina.

Su vida transcurre armoniosamente. Es joven, bonita y talentosa, independiente económicamente y en paz consigo misma. No puede pedir más.

El tres de julio de mil novecientos ochenta y ocho, en el Armstrong Park, conoce a quien será su futuro esposo: Eugene Lane. Los dos asistieron al concierto de Bach interpretado por la Filarmónica de Louisiana.

Él es un prestigioso neurólogo, tiene cuarenta y ocho años y hace seis que está divorciado de la madre de sus tres hijos, con quien mantiene una excelente relación.

Amante devoto del jazz, Nueva Orleans es su destino habitual para ir de vacaciones con sus hijos. Su apretada agenda en Nueva York no le deja mucho tiempo libre para disfrutar de ellos, así que inculcarles su amor por la música en los festivales de esta ciudad se volvió una tradición impostergable. No se pierden un verano.

6

Seis de junio de mil novecientos noventa y ocho

La noche es cálida y estrellada. Una delicia.

Sentada sobre una de las gradas del parque Muriel está escuchando la interpretación de *Air on the String* de Bach cuando Helen (la hija mayor de Eugene, de trece años) irrumpe bruscamente en las gradas buscando un lugar donde sentarse. La siguen su padre y sus dos hermanos de diez, y ocho años respectivamente.

Ella encoge sus rodillas para dejarla pasar. Al cruzar la mirada con Eugene él le agradece el gesto inclinando la cabeza y levantando los hombros hacia arriba a modo de disculpas.

—Perdón. Entusiasmo adolescente...

Cuando Muriel le sonríe a él se le aflojan las piernas. Nunca había visto una sonrisa así. Era espontánea, deslumbrante, sincera. En un segundo se vuelve la mujer más bella del mundo.

Ella detiene su mirada en la de él unos instantes y al escuchar sus pensamientos desvía la mirada hacia sus pies, sonriendo pícara.

El romance deberá sortear varias dificultades debido a la resistencia de Muriel a comprometerse con un hombre casi dieciseis años mayor, padre de tres hijos y divorciado. Sumado a la distancia y las obligaciones de ambos.

Pero la profunda convicción con que él la ama lo impulsará

a hacer lo que sea para convencerla, y en menos de un año ella se muda a Nueva York a vivir con él.

Como toda su vida había sido una mujer extremadamente independiente le cuesta adaptarse a la vida en familia. Pero el hecho de que él tenga una agenda tan apretada, sumado a la posibilidad de cada tanto viajar sola, le otorga un aire que le permite entregarse a esta nueva vida sin agobios.

Por años buscan un hijo, pero este nunca llega.

Al comienzo Muriel sufre en silencio pero luego lo acepta como parte de su destino y se entrega a la vida con él y sus hijos. Disfrutar de ellos sin la responsabilidad de tener que criarlos termina resultando gratificante.

Así forman una familia en la cual las relaciones fluyen, distendidas. Especialmente con su hija Helen. Las dos comparten la misma pasión por la música.

7

Nueva York. Seis de junio de mil novecientos noventa y ocho.

Muriel tiene cuarenta y dos años.

Hace una semana un amigo la invitó a su exposición de arte en el Soho, pero como agendó el evento en una servilleta y olvidó pasarlo a su agenda, no recuerda que la exposición es hoy.

Suena el teléfono.

Es Margrit, una amiga en común. La llama para preguntarle por qué todavía no llegó. Sobresaltada Muriel se lleva una mano a la boca e inventa una excusa para darse tiempo. Sale despedida del sillón rumbo a la puerta de salida. En el camino agarra su cartera y un saco violeta que cuelgan del perchero de la entrada.

Mientras baja por el ascensor saca un *rouge* de su bolso de cosméticos y pinta sus labios de rojo. Se mira en el espejo. Junta los labios para esparcir el *rouge* y se peina, no muy convencida con el resultado.

Al llegar al *lobby* evalúa cómo llegar desde el *Upper West* al Soho a esta hora, si en taxi o en subte. Elige el subte. Parece que está por llover y se ha olvidado el paraguas, pero no quiere seguir perdiendo tiempo así que decide no volver a buscarlo.

Camina rápido.

No imagina hasta qué punto el sereno equilibrio que ha logrado en su vida está a un paso de romperse, irremediablemente.

En segundos.

8

Ingresa en la galería hecha un trompo.

Al salir del subte la agarró un chaparrón, y está empapada. Su apariencia es torpe y desaliñada. Se saca el saco intentando mejorar la situación, pero su vestido (completamente adherido a su cuerpo) también chorrea agua.

Todos la miran.

Gracias a Dios aparece Richard, quien la recibe caminando hacia ella y extendiéndole teatralmente los brazos. Todo en Richard es ampuloso y teatral.

—Muriel, my *dear*. ¡Por fin has llegado! Estaba empezando a preocuparme... ¡Estábamos esperándote para ir a comer *baby*! *By the way*... la exposición terminó, ¡pero ha sido un éxito! He vendido todo, así que estoy feliz. Tu amigo se está convirtiendo en a *real success*.

Richard es artista plástico. Puertorriqueño, atractivo y homosexual, se dedica a pintar mujeres desnudas dentro de paisajes surrealistas. Hace años se conocieron en una comida en lo de Margrit, y desde entonces son inseparables.

—Ay chica... ¡No seas tímida por Dios! —Se abanica con uno de sus folletos poniendo cara de diva—. Ten, sécate un poco el pelo con esto y acompáñame que quiero presentarte a unos amigos. —Le entrega un buzo húmedo mientras la arrastra de un brazo a través de la sala—. En cuanto a ese vestido, ni se te ocurra tocártelo que estás divina *my darling*. Irresistible.

¡Esos pechos *my God*! –Se los señala—. ¡Si hasta a mí me dan ganas de hacerme *straight* y zambullirme en ellos!

Muriel sonríe dejándose conducir hacia el futuro.

9

Cuando Nicolás la ve ingresar en la sala se queda sin aliento. El tiempo se detiene, y lo único que queda en movimiento es ella.

El resto de lo que los rodea desaparece, se disuelve, se invisibiliza.

Aunque lo que siente es una inconfundible atracción sexual, lo embarga una extraña mezcla de alegría con ternura, sumado a una suerte de entusiasmo adolescente. No recordaba haber tenido semejante atracción hacia alguien antes.

Excepto por Mariana, claro.

"Esto no puede estar pasando", se dice, descolocado. No sabe qué hacer, ni cómo reaccionar. Todo en su cuerpo lo impulsa a acercarse a ella, pero su mente le dice: "¿Qué estás haciendo? ¿Te volviste loco, boludo? ¡Reaccioná! Ni se te ocurra hacer lo que estás pensando hacer. Es para quilombo. Rajá, ya. Rajá."

Pero ya es tarde.

Muriel está parada ante él mientras Richard hace las presentaciones del caso. Los señala uno a uno, y al llegar a su turno lo presenta como "el famoso artista Nicolás Urrutia, que me ha hecho el honor de venir gracias a un amigo en común: Alex de la Serna. Alex no pudo venir porque está de vacaciones, pero ha mandado este emisario de lujo. Su querido amigo argentino".

Cuando Richard dice "argentino" Nicolás detecta un cambio en la mirada de Muriel. Hasta ese momento no parecía mostrar demasiado interés, pero ahora lo mira con atención.

Y al responder le parece verla empalidecer, como si estuviera a punto de desmayarse.

Una reacción inesperada y bizarra.

10

Al escucharlo Muriel no logra salir de su asombro.

Su voz es idéntica a la de Santiago. El tono, las cadencias, todo.

Ella tiene un talento natural para registrar las voces de la gente, y la voz de este argentino es idéntica a la del padre de su hijo. Más allá de esa forma de hablar de los porteños, tan característica.

Reacciona como si estuviera ante un fantasma. Escuchar su voz después de tantos años la conmueve profundamente. Si cierra los ojos y se concentra, está ante él. Viajar al pasado, en un instante. "Han pasado más de veinte años... ¿En qué momento pasaron, por Dios? Su recuerdo está intacto".

Se acerca para saludarlo. Al hacerlo apoya una mano sobre su hombro y el contacto con su cuerpo hace que algo cambie. Deja de ver a Santiago, y comienza a verlo a él.

Nicolás. Radiante, dispuesto, increíblemente apuesto.

Ahora le hace acordar a alguien más, pero no sabe con exactitud a quién. (Ha olvidado la imagen que Eufrocina le mostró años atrás para anclarla en este mundo.)

No sabe qué hacer con estas resonancias, pero se entrega a ellas. Son confusas, perturbadoras, intensas. La transportan por un túnel oscuro, a gran velocidad. Sin saber adónde.

Imposible impedirlo.

11

El grupo va a comer a un pub llamado *Tabern in The West* en el Soho, cerca de la galería de arte.

Su interior está recubierto en madera imitando el *far west*. Hay faroles antiguos con velones dentro y un enorme globo de espejos refractarios colgando del techo para generar un efecto de luces movedizas que acompañan el ritmo de la música. Oficiando de mesas hay tablones de madera apoyados sobre toneles y colgando de las paredes hay carteles antiguos y fotos en blanco y negro de clientes famosos posando con el dueño. También hay una barra donde dos hombres vestidos de *cowboys* sirven tragos.

En el fondo hay un pequeño escenario donde bandas locales tocan una combinación ecléctica de música country, soul y folk.

Ubicados a pocos metros del escenario el grupo se acomodó en una de las mesas. Sentada a la cabecera Muriel sigue el ritmo de la música con los pies.Ubicado en el extremo opuesto Nicolás la observa, en silencio.

Los separa un mar de incertidumbres. Un millón de motivos para no entregarse a lo que está pasando.

12

Abstraídos en los argumentos para no avanzar ninguno de los dos se integra a las conversaciones que los rodean.

Con los codos descansando sobre la mesa Muriel apoya las mandíbulas sobre las palmas de sus manos tamborileando con los dedos sus mejillas al compás de la música.

Recostado contra el respaldo de su silla Nicolás cruza los brazos sobre su pecho.

Richard y Margit, los únicos del grupo que se han dado cuenta lo que está pasando, intercambian miradas cómplices pateándose por debajo de la mesa. Sonrisas furtivas.

—¡Que cante Muriel! ¡Que cante Muriel! —dice Richard, mientras aplaude invitando a su amiga a subir al escenario. Como es amigo del dueño se toma estas licencias. En el *pub* tienen por costumbre tocar música en vivo luego de cenar, y si se genera el clima propicio corren las mesas para bailar un rato. Cada tanto pasa algún conocido a cantar.

Al comienzo Muriel se niega, pero presionada por Richard accede y se levanta. Saluda a la banda con cierta familiaridad (no es la primera vez que la invitan a subir) y luego de decirle algo al oído al pianista se ubica en una banqueta a esperar a que le alcancen un micrófono. Llega una guitarra, y un potente haz de luz azul se posa sobre ella.

—Buenas noches a todos... Okey, aquí voy. Para ustedes, la versión de *Fields of Gold* hecha por un ángel que partió hace poco, Eva Cassidy.

Comienza a tocar, el pianista improvisa. El auditorio calla. Cautivada por el timbre de su voz y su magnética presencia la gente se acomoda sobre sus sillas para escucharla. Sobre todo Nicolás, que se ha quedado sin aliento.

Se genera un clima íntimo, y cuando llega la estrofa en que el autor (luego de reconocer haber roto varias promesas en su pasado) declara su intención de caminar junto a su amor el resto de sus días Muriel mira sugestivamente a Nicolás.

No sabe por qué ha hecho esto.

Él tampoco.

Pero los dos intuyen que esta canción fue escrita para ellos.

13

Se van del *pub* sin decir una palabra.

Nicolás se va a su casa con Mariana.

Muriel a la suya con Eugene.

Preocupado, Eugene le pregunta por qué llegó tan tarde. Se había quedado despierto esperándola. Ella le inventa una excusa y se va a dormir diciendo que está cansada.

Él nunca la había controlado, ella nunca había mentido.

Hasta hoy.

Los futuros amantes repasan en sus cabezas los detalles del encuentro.

Una y otra vez. Una y mil veces.

Ninguno de los dos podrá conciliar el sueño.

14

Diez días después Nicolás se rinde y llama a Richard con un argumento poco convincente para pedirle los datos de su amiga pelirroja.

No sabe nada de ella. Si está casada o no, si accedería a salir con un hombre comprometido con otra mujer, que para colmo de males es menor que ella. Muchas mujeres no salen con hombres más jóvenes. A otras las gusta.

¿Qué clase de mujer será Muriel? ¿Estará dispuesta a una aventura? ¿Es eso lo que está buscando? Quién sabe.

No imagina qué consecuencias podría traer a su vida esta situación, ni en qué podría terminar todo esto. Lo que sí sabe con certeza es que sea como sea, está sucediendo. Y que no hay manera de detenerlo.

Ese mismo día la llama.
Y ella lo atiende como si hubiera estado esperando la llamada.

15

Acuerdan encontrarse a las cuatro de la tarde en el Bryant Park, en la esquina de la Avenida de la Américas y la cuarenta y dos, detrás de la Biblioteca Pública.

Ella acude a la cita a cara lavada. Lleva puesto un vestido blanco con una cartera blanca y unas sandalias negras. Su intención era transmitir cierta neutralidad, pero no lo logra. Ni bien lo ve su cuerpo se despierta, la mirada se le enciende y sus ojos la traicionan.

Él llegó temprano, así que mientras la espera se dedica a esgrimir diversas excusas para irse. Avanza hacia la boca del subte decidido a escapar, y se detiene. Varias veces.

"Qué estás haciendo Nicolás, por Dios. Qué estás haciendo. ¿Te volviste loco? Vos sabes cómo es esto: uno sabe cómo entra en estas cosas, pero nunca cómo sale. Además ¿cómo vas a explicarle esto a Mariana? Si no estás mal con ella, acaban de hacer un viaje espectacular y es el amor de tu vida. ¿Para qué armar semejante despelote? Francamente. Además… ¿Vos decís que te la podés bancar? Acordate de tu compromiso a serle sincero. ¿Se lo vas a contar a Mariana como prometiste? Una cosa es la teoría, y otra la práctica. Esta mujer es una bomba, no hay duda. Y cantando no es de este mundo. Pero justamente boludo, ese es el problema. ¿No lo ves? Está re fuerte pero es algo más lo que te pasa con ella, te despierta algo que no sentiste por nadie, salvo por Mariana. Te haces el vivo, el superado… ¿Pero después te la vas a poder bancar? No sé che…".

En el medio de estas disquisiciones consigo mismo aparece Muriel.

La ve salir de la boca del subte apurada. Mientras cruza la avenida mira su reloj pulsera y casi la atropella un taxi. Nicolás se asusta. Evidentemente es distraída, y la puntualidad no es su fuerte.

Podría haber usado su tardanza como argumento para escapar, pero no lo hizo. Y ahora es tarde. Tal vez inconscientemente ella llegó tarde para eso, para no encontrarlo. Pero por otro lado tal vez simplemente es impuntual. Quién sabe.

Ni bien se saludan las dudas se disipan.

"Qué suerte que me esperó", piensa ella.

"Qué suerte que no me fui", piensa él.

El encuentro es cómodo y fluido. Se sientan bajo la sombra de un viejo árbol ubicado ante una fuente. Es verano, y a esta hora todavía hace calor.

—Te preguntarás qué hago aquí, ¿no? —Comienza ella.

—Sí y no. No sé. La verdad es que no he tenido mucho tiempo para pensarlo... Todavía me lo estoy preguntando a mí mismo. Ni yo sé bien qué hago acá. No lo tengo nada claro. ¿Vos sí?

Muriel suspira.

—¿Ves? Es esa tonada argentina la que me mata... Por eso estoy aquí. No sé. Creo... Supongo.

Nicolás sonríe. Su frescura y espontaneidad lo entusiasman.

—Tengo un vínculo muy fuerte con la Argentina sabes. Es una larga historia, que no puedes ni empezar a imaginar. Pero créeme, es muy fuerte. Lo cierto es que ni bien escuché tu voz la otra noche me trajo remembranzas del pasado, y esto me ha conmovido, mucho... Hace tiempo que no hablaba con un argentino, y tú en particular me has recordado a alguien muy especial.

—Bueno, espero que haya sido alguien a quien recuerdes con cariño —comenta él, elocuente. No le gusta que lo comparen con otro, pero decide dejarlo pasar.

—Más que con cariño. Mucho más... Ni te imaginas.

Nicolás se frota las manos, nervioso. Enfoca su mirada en la fuente. No sabe cómo seguir. Todo esto le resulta un poco embarazoso, y por un instante piensa: "Qué carajo hago aquí, no sé si debería haber venido...".

Ella escucha sus pensamientos y se agarra a la cartera, incómoda. No piensa hacerse cargo de esta situación. Después de todo él es quien la llamó, y ahora no se hace cargo. No es justo. Va a esperar unos minutos, y si no dice nada que valga la pena, se va a ir. No tiene por qué sostener esto sola.

Espera treinta segundos y se levanta abruptamente mirando su reloj pulsera.

—Me parece que esta no ha sido una buena idea Nicolás, discúlpame. Me voy. Este encuentro ha sido absurdo. Lo siento, es mejor así. Me voy.

Arrepentido, Nicolás se levanta con ella y tomándola de un brazo se acerca a su oído para susurrarle:

—No te vayas Muriel. Disculpame. Soy un idiota. —Se distancia un poco para mirarla de frente—. No sé bien cómo encarar esta situación. Para mí es difícil sabés, no hago esto todos los días. Te juro. Aunque pueda parecer así. —Dudosa, Muriel se aferra a su cartera. Al ver que ella no escapa él continúa—. Yo mismo no sé cómo justificarme, te juro. Pero la verdad es que hace diez días no hago otra cosa que pensar en vos. No sé qué me pasa, pero no puedo pensar en otra cosa. —Ella suelta la cartera mostrando una actitud más relajada—. Estoy en pareja hace años y no puedo mentirte che, soy feliz con mi mujer. Pasamos por un montón de etapas juntos, obviamente, como cualquier pareja. Pero nos llevamos muy bien, esa es la verdad. Más que bien. Ella es bastante más grande que yo, aunque esto no ha sido un problema en nuestro matrimonio. Al menos no por ahora, para nada. Y no está en mis planes separarme. Tengo que advertírtelo, porque no sé cuáles serán tus expectativas. Pero a pesar de todo esto que te digo... Tengo que decirte que no puedo dejar de pensar en vos... No sé. No sé cómo explicártelo.

Mirá, si hace un rato me quedé callado es porque no sabía por dónde empezar, no porque no me intereses. Todo lo contrario, me interesás demasiado. Estoy *fucked up*. —Dirige su mirada al suelo—. Por eso me quedé callado... No sé por dónde empezar. —Suspira y baja los hombros—. Y me da miedo.

Muriel sabe que aunque en cierto modo está mintiendo (puede escuchar sus pensamientos con una asombrosa claridad) en otro nivel está diciendo la verdad. Se saca la cartera del hombro invitándolo a sentarse. Esta vez se sientan más cerca.

—Ay Nico. A mí me pasa lo mismo. Exactamente lo mismo... También estoy casada y no tengo un mal matrimonio, ni pienso separarme. Tampoco entiendo qué hago aquí, y desde que nos conocimos no hago otra cosa que pensar en ti. No soy una mujer que ande por ahí buscando un amante más joven al cual follarse y ya, ¿sabes? Lo juro. Tengo una vida sexual bastante plena con mi esposo. Tampoco termino de entender qué me pasa contigo.

Él sonríe tomándola de las manos.

—Bueno, si los dos estamos en la misma situación entonces es menos peligroso para todos ¿no? —Se acerca a ella cerrando los ojos y la huele—. Ay Muriel, te juro que me moría si te ibas... No me iba a perdonar nunca haberte dejado ir así, de pelotudo.

Muriel también cierra los ojos. La proximidad de su cuerpo se vuelve un narcótico haciéndole perder la noción del espacio y el tiempo.

—Contame —dice él, irguiéndose sobre el banco. Amenaza con darle un beso, pero no lo hace. Se recompone acomodándose a su lado—. Contámelo todo. ¿A qué se debe esa relación tan especial que tenés con la Argentina? Me muero de intriga.

Muriel le cuenta su historia como nunca antes la había contado. Tal vez porque Nicolás es argentino, y puede entender ciertos detalles como sólo un argentino podría hacerlo. Le habla de Santiago, de su militancia política y su muerte. De Tilcara, de Fortunata y de Eufrocina. De su hijo muerto al nacer, Tomás. Le cuenta cómo escapó a través de la frontera gracias a Blas y le habla de Tita. Sin ahondar en detalles relata alguna de sus experiencias con la medicina andina, y el profundo cambio de perspectiva que significaron para ella estas experiencias.

Luego de escucharla atentamente Nicolás habla de él.

Le cuenta anécdotas de su infancia tumultuosa en la Argentina, y la curiosa relación que lo une desde siempre a Mariana. Le menciona sus capacidades especiales de niño, y sus recuerdos de otras vidas. Sus resonancias con lo que ella había vivido. (Él había experimentado en carne propia este tipo de visiones, pero sin consumir sustancias.) Le cuenta cómo llegó a Nueva York buscando a Mariana, y las posibilidades que le brindó esta ciudad para desarrollar sus potencialidades como artista plástico a nivel internacional.

Se quedan hablando hasta pasadas las ocho de la noche.

Luego él la acompaña hasta la boca del subte.

Al despedirse le da un beso en la boca, suave y tierno. Ella le responde con un abrazo.

Ninguno de los dos quiere ser quien desate el incendio.

16

El próximo encuentro es a orillas del río Hudson.

Caminan charlando animadamente, y cuando entran en confianza se toman de las manos. Entonces callan, e imantados por una fuerza poderosa y desconocida se abrazan.

Él desliza las manos por debajo de su blusa y ella se aferra a su espalda estrechándose contra su pecho. El contacto es delicioso, sugerente, intenso.

Resueltos a no postergar un minuto más el impulso se dirigen hacia un hotel alojamiento. Anticipándose, Nicolás ya había ubicado un hotel en zona antes sugerir el punto de encuentro.

La habitación adonde ingresan está ambientada como si estuvieran en el fondo del mar. Ni bien abren la puerta un poderoso aire acondicionado los rescata del calor agobiante de la ciudad, y se activa una música funcional de fondo que simula el murmullo de las olas.

La iluminación es tenue y azulada.

A los ojos de Nicolás la escena se transforma de manera surrealista y Muriel se vuelve una sirena, ominosa e irresistible.

Parados en el umbral de la habitación (sin haber cerrado todavía la puerta) él comienza a acariciarla. La recorre con sus manos, tanteándola y olfateándola.

Encantada, ella se deja acariciar.

Después de un rato registran que la puerta ha quedado abierta así que él la empuja con un pie para luego arrastrar a Muriel contra la pared. Le sonríe y le aparta el pelo de la cara para mirarla a los ojos.

Ella se deja mirar.

Luego la va desnudando sin dejar de mirarla a los ojos, de a poco. Cuando está completamente desnuda se dispone a besarla. Primero las manos, luego los brazos hasta llegar a sus hombros. Luego el cuello.

La da vuelta. Le besa la espalda. Desciende por su columna hasta llegar a sus nalgas. Se detiene allí.

Muriel apoya la cabeza contra la pared y abre las piernas.

Él vuelve a erguirse y apoya el pecho contra su espalda rodeándola con sus brazos. Toma sus pechos. Los acaricia. Luego desciende por su abdomen hacia su sexo. Suspirando, ella se deja tocar. Luego se da vuelta para besarlo y desnudarlo también.

Así, enredados en besos y abrazos van entrando lentamente en la habitación. Cuando llegan al borde de la cama los dos están completamente desnudos. Ella se recuesta sugestivamente sobre el colchón de agua. Él la mira mientras se acerca para inclinarse a besarle los pies. Continúa por sus piernas y el resto de su cuerpo.

No deja un centímetro de piel sin lamer.

Ella cierra los ojos y abre los brazos entregándose a la humedad y la tibieza de su lengua. Cada tanto levanta los párpados. Hay una ballena pintada en el techo y lámparas con burbujas a los costados de la cama. Sonríe, la ambientación le resulta auspiciosa. Luego vuelve a cerrar los ojos para disfrutar mejor de sus sensaciones.

Acostumbrada al cuerpo de Eugene el cuerpo de Nicolás le resulta un poco fibroso. Es extraño, aunque agradable. Luego de un rato se adapta a estas nuevas percepciones.

Un jinete experto y decidido, eso es él.

—Me estás domando Nicolás, por Dios… —Le susurra al oído gimiendo de alegría.

—Venga para acá yegüita linda. Una pura sangre, eso sos. No... una valkiria, eso. Una valkiria indomable. A vos no te doma nadie. —Sonríe—. No puedo creer que estemos acá Muriel. Me volvés loco, te juro. Loco. —La toma de las caderas hundiéndose en su entrepierna.

Así atraviesan praderas, montañas y lagos
cabalgando a través de caudalosos valles y suaves acantilados.
Los paisajes más deslumbrantes que jamás hayan visto en sus vidas, escondidos en lo profundo del mar.

17

Quince de junio de mil novecientos noventa y ocho.

—No te imaginás todo lo que pasó Muriel, te juro. Estoy totalmente perturbado. No te lo conté antes porque quería hacerlo personalmente, pero estaba desesperado por hablar con vos. Tengo que contártelo, ya.

—¿Qué pasó Nico? ¡Por Dios!

Muriel y Nicolás toman un café en un barcito del Soho. Es el décimo encuentro en lo que va del mes.

—Mariana lo sabe. Se enteró anoche. Bah, en realidad hoy por la mañana.

—¿Qué sabe?

—Lo nuestro.

Se hace un silencio.

—¿Y cómo se ha enterado...?

—...

— ¿Se lo has dicho tú?

—Sí.

Muriel enmudece. Nicolás sondea en su mirada.

—¿Está mal?

—No... Mal no está, pero me sorprende, nada más. Me parece demasiado pronto, e innecesario. Habíamos quedado en que íbamos a dejar nuestros matrimonios afuera de esto...

—Mirá Muriel, yo no sé cómo será tu matrimonio, ni quiero

entrometerme en él. Pero sí quiero contarte cómo es el mío, para que entiendas dónde estamos parados. En estos doce años jamás estuve con otra mujer que no fuera Mariana. Sos la primera. No porque crea en la fidelidad como una obligación a la que haya que someterse, sino por convicción y lealtad a mí mismo. Yo creo en los vínculos sinceros, Mariana lo sabe. Desde siempre lo ha sabido. No quiero ocultarle nada, porque si lo hago comienzo a matar nuestra relación. Y creeme que la amo, y quiero serle fiel a nuestro compromiso.

Muriel lo escucha atentamente.

—Ay Nico... No sé si quiero escuchar todo esto. No sé... Está muy bien. Coincido en todo. Hasta te diría que lo comparto. A mí me pasa lo mismo con Eugene. Pero no sé si quiero escuchar los detalles de tu amor hacia Mariana. Me da celos, sabes. Estoy demasiado apegada a ti en este momento. Te quiero mío, aunque no quiera dejarlo a Eugene. Rompes el hechizo al hablar tan explícitamente de todo esto. *Yo* quiero ser esa mujer especial para ti, sabes. No quiero que me hables de ella.

—Es que justamente es así Muriel, lo que yo no quiero es alimentar ese hechizo. Entiendo que te resulte tremendamente atractivo, a mí también. Pero no. Prefiero darte mi verdad, que es mucho más valiosa que un hechizo. Creeme. Y si te estoy diciendo esto es porque lo que siento por vos de verdad es especial. Tan especial que estoy dispuesto a arriesgarlo todo para vivirlo, y te conozco hace un mes. Si eso no es especial... —La toma de las manos—. Te estoy explicando dónde estoy parado con absoluta sinceridad. Aunque Mariana siga siendo mi mujer, y la ame, y quiera conservar y cuidar nuestro vínculo, no puedo ni quiero dejar pasar lo que me pasa con vos. Es demasiado fuerte, demasiado intenso, demasiado real. Y está lejos de ser un hechizo. Los hechizos se desvanecen en el aire, y este no es el caso. Estoy seguro. Vas a ver que el tiempo me va a dar la razón.

Muriel se muestra perpleja, pero entera.

—¿Qué quieres decir entonces? No termino de entenderte...

—Ni más ni menos que lo que te estoy diciendo. Que Mariana se enteró anoche de lo nuestro, y está destrozada. Y yo arruinado por provocarle semejante dolor. Pero no voy renunciar a vos, porque si lo hago me traiciono a mí mismo y termino destruyendo mi relación con ella. Hoy mi cuerpo y mi deseo están con vos, y necesito ser sincero con lo que me está pasando. Aunque me arriesgue a perderlas a las dos.

Muriel suspira. Se muerde los labios.

—¿Pero ella está de acuerdo entonces? ¿Ha aceptado?

—Ni ha aceptado, ni me ha pedido que lo termine. Como vos, no sabe cómo reaccionar. Pero yo le he dejado claro que no pienso dejarla.

—Ay Nicolás Urrutia. Eres un personaje. Realmente... per-so-na-je. ¿Quién te ha mandado por Dios? No sé qué decirte... —Con los codos apoyados sobre la mesa descansa la frente sobre sus manos enlazadas en el aire. Piensa unos instantes y luego levanta la cabeza—. Comprendo absolutamente todo lo que dices, intelectualmente incluso hasta coincido. Pero tengo que procesarlo. Déjame pensarlo... No sé. Soy una mujer muy pasional sabes, y temo no poder estar a la altura de estas circunstancias. Que mi corazón me juegue una mala pasada, y no poder sostenerlo emocionalmente. Intelectualmente estoy de acuerdo, pero no sé si estoy lista para compartirte tan abiertamente. Menos aún para plantearle algo así a Eugene... No creo que él reaccione como Mariana.

—No hay nada que pensar Valki. No lo pienses tanto, siéntelo. Si el destino cruzó nuestros caminos es porque tenés con qué vivir esto sin miedos. O atravesando tus miedos. Yo también tengo miedo, no te creas. Estoy absolutamente convulsionado. Además no te estoy pidiendo que se lo cuentes a Eugene. Esa es tu decisión, y yo no tengo nada que opinar al respecto.

Muriel cierra los ojos y por un instante desea no haber ido aquella noche a la exposición de Richard. Las cosas serían más simples, y su vida seguiría el curso predecible y tranquilo de los últimos años. ¿Por qué Nicolás tenía que resultar este personaje insólito? ¿Por qué no podía simplemente tener una vulgar aventura con un joven apuesto y apasionado? ¿Por qué este romance tenía que transformarse en esta charla descarnada, confrontándola con sensaciones tan agradables como desagradables?

Se siente arrastrada hacia aguas peligrosas.

No quiere, pero la corriente ya la ha impulsado hasta aquí y no hay nada que pueda hacer para volver a tierra firme.

18

Pasaron cuatro meses.

La relación entre Nicolás y Muriel se consolida.

Si bien la química sexual entre ellos es inigualable, la calidad de sus encuentros se alimenta de raíces más profundas. Su intimidad emocional y afinidad intelectual es extraordinaria.

Con dificultad, Mariana intenta aceptar lo que está sucediendo habilitándolo a Nicolás a experimentarlo con libertad. Confía en él y en sus buenas intenciones, y sabe que su sinceridad no es perversa o cínica.

Aunque tiene serias dudas respecto a qué les deparará el destino después de esto. Intuye que nada bueno.

19

Cuatro de octubre del mismo año.

Luego de compartir una tarde de sexo Muriel y Nicolás recorren la Quinta Avenida tomados de la mano.
Juegan bajo la lluvia.
Un chaparrón los agarró por sorpresa saliendo del hotel y buscan un bar donde cobijarse para tomar algo caliente y secarse un poco.
Mientras corren como dos niños no ven a Mariana que tras la ventana de un bar los mira, absorta, con ambas manos cubriendo su boca.

Nicolás pasa frente a su mujer, y no la ve.
No la registra ni sospecha hasta qué punto este encuentro fortuito definirá sus destinos.
Está demasiado feliz para registrarlo, demasiado satisfecho.
Hoy sólo existe Muriel.

20

Al volver al departamento Mariana ya no está.

Al principio su ausencia no le parece demasiado significativa, pero a medida que pasan las horas Nicolás comienza a inquietarse. A las once de la noche ya está desesperado y ha llamado a todos sus contactos.

Es imposible que Mariana vuelva tan tarde sin avisar.

Media hora antes de la medianoche suena el teléfono.

—Nicolás.

—Mariana mi amor, estaba desesperado por Dios. ¡Son las once y media de la noche! ¿Dónde estás?

—Perdoname, necesitaba estar más tranquila para llamarte.

—¿Qué pasó? —pregunta él, inquieto.

—No puedo hacer esto Nico. Es demasiado para mí, no puedo. Te vi en la calle con Muriel hoy por la tarde, venían de hacer el amor, estoy segura... Es insoportable. Me estás pidiendo demasiado. No puedo quedarme, no así, al menos no por ahora.

Nicolás se queda mudo del otro lado del teléfono.

—¿Dónde estás amor? Dejame que te vaya a buscar. Hablemos. Veámonos. No podés tomar una decisión así, tan de improviso.

—Sí puedo, me voy. Estoy en el aeropuerto. Es por un tiempo, no sé cuánto... Lo que necesite. No puedo soportarlo.

—Pero amor... Tus cosas, la casa, no tenés ropa... ¿Adónde vas a ir?

—Me voy a Europa. No te preocupes por mí. Yo voy a estar

bien. Me compraré lo que necesite durante el viaje. Tengo la tarjeta de crédito, y ya hice una extracción de efectivo. Además vos sabés mi costumbre de llevar el pasaporte conmigo. Después te voy a pedir que me mandes algunas cosas. Igualmente no es definitivo, me voy sólo por un tiempo. Cuidá la casa por mí por favor. Viví lo que tengas que vivir, pero no soporto que lo hagas en mis narices. Dejame ir Nicolás. Cuando resuelva qué quiero hacer frente a todo esto volveré.

—Mariana, mi amor, por favor no te vayas. No me dejes. Te lo suplico. Te prometo que no la veo más a Muriel si es lo que necesitás para quedarte... No te vayas. —Dice esto aferrándose al teléfono con los ojos cerrados, sin respirar, mientras espera la respuesta que definirá sus destinos.

—Gracias por proponérmelo mi amor. —A ella se le quiebra la voz—. Gracias. Pero los dos sabemos que no es la solución. Viví lo que tengas que vivir. Yo buscaré mi camino. Llegó la hora de la verdad Nicolás, si nuestro amor es genuino sobrevivirá. Como vos mismo lo dijiste tantas veces, no voy a meterte en esa jaula... Te amo demasiado para eso. Adiós.

La comunicación se corta abruptamente.

Nicolás se queda sin aliento, con la inexpugnable certeza de haberla perdido.

Se hunde en el vacío.

21

Un mes después de la charla telefónica en la cual Mariana le anunció que lo dejaba Nicolás recibe noticias suyas. El teléfono lo sorprende luego de angustiosas semanas de espera.

—¿Hola?

—Hola Nico.

Nicolás siente que se le detiene el corazón. Es Mariana. Finalmente. Después de tanto preguntarse dónde estaría, apareció. Cuando menos se lo esperaba.

Parado cerca de la puerta y con el impermeable aún en la mano pregunta:

—¿Mariana?

—Sí. Soy yo. ¿Tan rápido te olvidaste de mí que no me reconocés la voz? —responde ella enojada.

"Es una caradura." piensa él. "Desaparece sin dejar rastros, aparece alegremente de un minuto al otro ¿y encima se enoja porque no le respondo al instante?".

—Yo no. La que parece que se olvidó de todo sos vos. Desapareciste de un día para el otro. Te tragó la tierra, ni un llamado en un mes para decirme dónde estabas, si estabas viva. —A medida que habla su enojo va en aumento—. No está bien Mariana, eso no se hace. Muy cruel de tu parte.

Él está dispuesto a seguir con los reproches pero ella lo interrumpe de la peor manera: con dulzura.

—Perdoname amor, tenés razón. Pero entendeme. Para mí fue cruel verte esa tarde con Muriel. No lo hice para castigarte, no pude soportarlo. Creí que iba a enloquecer. Fue la única salida que encontré para sobrevivir.

Nicolás suspira haciendo un esfuerzo por contener la furia. Calla unos instantes y apoya el impermeable para sentarse en el sillón.

—¿Cómo estás Mariana? Casi me matas de la preocupación. No me hagas esto nunca más en la vida, te lo pido por favor. —Se agarra la nuca con una mano mientras inclina la cabeza de un lado al otro descontracturándose.

—Okey... Estoy en Frankfurt. Bien, sobreviviendo. Respiro. Como. Duermo. Invernando estoy, como las tortugas. Ya llegará el verano. —Duda si hacer la pregunta, pero sabe que tiene que hacerla—. ¿Y vos? ¿Cómo estás?

—Acá. Bien. Tratando de asimilar el torbellino de emociones. Te extraño con locura Mariana. Te necesito cerca. No soporto tu ausencia.

Silencio.

—¿En casa todo bien? ¿Te estás arreglando bien con la comida? ¿Estás pudiendo organizarte?

—Sí mi amor. Quedate tranquila, vos sabes que yo siempre me las arreglé bien solo. No estoy hablando de eso. ¿Cuándo vas a volver?

—No lo sé Nico. La semana que viene viajo a Túnez. Voy a sacar fotos, me compré una cámara súper moderna y quiero aprovechar toda esta movida para generar proyectos nuevos, estoy pensando en una serie sobre la Antigüedad. Necesito hacer un giro en mis búsquedas. Voy a estar viajando unos meses más seguro. Quiero tomar distancia, y profundizar en este reencuentro conmigo misma. Me había olvidado lo que era estar sola. Hace casi veinticinco años que no estaba sola. —Parece dudar unos instantes, finalmente agrega— ¿seguís con Muriel?

—Sí.

—¿La llevaste a casa?

—Claro que no Mariana.

—Pero... ¿Cuáles son tus planes con ella?

—No tengo planes.

—¿Seguís enamorado?

—Sí. Podríamos decir que sí.

—¡Ay Dios mío Nicolás! No te entiendo, sos tan confuso... No entiendo qué es lo que querés. Me decís que me extrañás, que seguís proyectando conmigo, pero que estás enamorado de ella. No te entiendo.

—Para mí no es confuso Mariana. Somos amantes. No proyecto con ella nada porque yo ya tengo una pareja, y es con vos. Ella también está en pareja. Por ahora somos amantes, probablemente algún día seremos grandes amigos. Jamás la traería a casa. Mi pareja es con vos, y eso no ha cambiado. Te sigo deseando y te sigo amando.

—¿Me seguís deseando? —Nicolás se enternece ante la sinceridad con que muestra su inseguridad.

—Sí mi amor. Sos mi mujer. Te deseo como no deseé a nadie en mi vida, en muchos planos al mismo tiempo. Eso no se iguala con nada. Pero no te puedo mentir, a Muriel también la deseo, de otra forma. No puedo evitarlo. Creeme que lo intenté. Tal vez no tiene la profundidad de lo nuestro después de toda una vida juntos, pero está pasando, está vivo, y no puedo negarlo. En doce años no me pasó. Me sentí atraído por otras mujeres en estos años, pero no me entregué ciegamente al primer impulso sexual que tuve. A ella la deseo y la quiero, es más que una calentura. Pero eso no me hace dudar de lo que siento por vos. Y no es desde la disociación. Licenciada, se lo aseguro. Me genera un maremoto de emociones en el cual por momentos siento que podría ahogarme. Pero igualmente no pierdo el rumbo. No estoy confundido, en todo caso me siento desbordado. Eso sí.

Luego de cavilar unos instantes ella responde:

—Justamente, eso es lo que más me duele, preferiría que no

fueras tan íntegro y pudieras hacerlo con cualquiera, me dolería menos. Que no sea con cualquiera es lo que me mata, que sea tan fuerte lo que sentís por ella que no hayas podido controlarlo. No sé qué pensar Nico. Tal vez la confusión es mía. Somos hijos de distintas generaciones. No sé si sos demasiado moderno para mí, o al final sos como mi abuelo y lo que proponés no es más que la antigua formula machista, maquillada. No sé. No sé qué pensar.

—Nuestros abuelos lo hacía y lo ocultaban. Nuestras abuelas se sometían sin elección, no hablaban de eso. Yo ya te lo dije Mariana, no quiero traicionarte por la espalda, ni quedarme en formol para no poner en riesgo nuestra relación.

—Exactamente Nico, de eso se trata, de que estés dispuesto a poner en riesgo nuestra relación... Eso me hace sentir que ya no me amás como yo creía. Es una desilusión inmensa, indescriptible, no hay palabras para nombrarla. No te imaginás.

—No es que yo quiera poner en riesgo la relación, la vida es riesgo mi amor, y nuestro amor está vivo. Confiemos en él. No te estoy abandonando Mariana.

—No, me estás empujando a que yo lo haga.

No lograrán un acuerdo.
Duele demasiado.

22

Nicolás y Muriel caminan a través de los senderos del patio interno del Momma, el Museo de Arte Contemporáneo en Nueva York.

Es invierno, nieva.

Ubicadas sobre sus pedestales de hierro unas esculturas dejan entrever sus curvas escondidas bajo un manto de nieve.

Nicolás se lleva las manos hacia la boca para soplar dentro de ellas y resguardar así su cara del frío. Su aliento parece a punto de transformarse en hielo.

—¡Mira lo que es tu aliento! ¡Qué frío hace, por Dios Nico! —exclama Muriel frotándose los brazos y empujando los hombros hacia arriba. Le castañean los dientes y tirita—. Ojo, mira que si nos quedamos aquí mucho tiempo más tiempo ¡quedaremos como estas esculturas!

—¿Viste? Sí. Pero adentro hace un calor insoportable... Airémonos unos minutos más, por favor. Después volvemos para seguir viendo la exposición de Gaitonde. Amo este pintor, pero necesitaba un poco de aire fresco.

—Sí. Yo también. Es ridículo el calor que hace ahí adentro, ¡pero acá hace demasiado frío!

—Si querés yo te puedo dar calor... —dice Nico mientras se acerca sugestivamente hacia ella.

Muriel se deja abrazar y le dice al oído mientras lo acaricia:

—Es un lujo recorrer este museo contigo Nico, eres un artista maravilloso. Gracias por tu cuadro, lo atesoraré toda mi vida.

Nicolás sonríe y corriéndole suavemente el pelo lleva una mano hacia su cuello.

—Umm... ¡qué calentito está acá! Qué rico este cuellito... —Muriel se retuerce.

—¡Nico no! ¡Tu mano está helada! ¡Eres un malvado!

Forcejean. Se ríen.

—Ese cuello, por Dios... ¡Ese cuello! Me vuelve loco. —Acerca su nariz hacia su hombro. Rendida, ella inclina su cabeza ofreciéndole el cuello—. Y qué bien huele, por Dios... —Luego de inhalar su perfume le cierra el saco para protegerla del frío—. De nada Valki. Ese cuadro es tuyo desde el momento en que surgió en mi cabeza. ¿Eugene no preguntó nada? ¿Pudiste colgarlo en algún lado?

—Justamente, de eso quería hablarte...

—¿Acá? ¿Con el frío que hace? ¿No querés que salgamos a un bar afuera del museo para charlar más tranquilos? Total, podemos volver en cualquier momento. La exposición de Gaitonde está hasta el diez de enero.

—Tienes razón. Hay un barcito aquí cerca que es muy bonito. Y con los adornos navideños ha quedado simpatiquísimo. Cuando venía para aquí lo divisé desde el taxi y pensé "Qué lindo sería ir allí con Nico". Está a dos cuadras.

—Hablando de navidad... ¿Tenés planes para las fiestas?

—Justamente de eso quería hablarte mi vida, quería decirte que quiero pasar las fiestas contigo. Entiendo que la ausencia de Mariana ha de ser muy dura para ti en estos momentos, y no me parece justo que pases las fiestas solo. Por eso he hablado con Eugene. Se lo he contado todo.

—¿Que le has contado qué?

—Lo nuestro. —Nicolás se muestra sorprendido. Ella se apura en aclarar—: Quiero hacerte la misma aclaración que tú hiciste cuando comenzamos a salir: no se lo he contado para dejarlo Nico. No pienso, ni quiero hacerlo. Al menos no por ahora. No sé en que terminará lo nuestro... Pero lo que sí sé con certeza es que hoy debo estar al lado tuyo, aunque mi compañero de vida sea él. Y mi intención es que lo siga siendo. Deseo con el alma que lo comprenda y no reaccione como Mariana. Entiendo que para un hombre puede ser más difícil. Con milenios de tradición encima gritándole al oído que no puede, ni debe admitir semejante atrocidad. Pero él es un hombre bueno, y de veras me quiere. Junto a sus hijos hemos formado una linda familia, y de ninguna manera quiero destruir eso.

—¿Pero cómo reaccionó?

—Imagínate. Muy mal. Él siempre supo que soy una mujer libre, y eso es lo que lo ha atraído a mí desde un principio. Pero no sé si hablar de estas cosas tan abiertamente no es más de lo que puede soportar. Probablemente hubiera preferido no saberlo. Aunque evidentemente lo sospechaba...

Nicolás la interrumpe y la abraza. La toma de las mejillas acompañando el gesto con un suspiro.

—Ay Valki querida. Por Dios... Cómo te amo.

La mira largamente. La acaricia. La besa en la boca y luego la toma de los hombros invitándola a caminar hacia el ventanal de vidrio que los conducirá de vuelta al interior del museo.

—Vení, vamos a ese bar. Salgamos de aquí o vamos a morir congelados, y nada de todo esto habrá tenido sentido.

Caminan sonriendo, pateando nieve y alimentando ilusiones.

23

Luego del viaje a los Hamptons aquella navidad Nicolás y Muriel instauraron la costumbre de viajar solos un fin de semana al mes. Querían poder dormir y amanecer juntos aunque fuera un par de días. Hacer el amor toda la noche o tomar el desayuno en la cama, tranquilos y sin apuros.

Auténticas maratones sexuales.

Aunque a Eugene la situación le resultaba insoportable, la convicción con que su mujer se lo planteó como condición inapelable para proseguir con su matrimonio le hizo aceptar la propuesta, a pesar de lo dolorosa que esta le resultaba.

Ya vería cómo reaccionar más adelante.

Por ahora sólo restaba aguantar. Conservar la calma. Ya pasaría la tormenta y ella volvería a sus brazos, arrepentida y cansada. La situación exigía una flexibilidad inaudita. Una flexibilidad que ni él mismo sospechaba que tenía.

Sin embargo la profundidad de su amor (sumado a la franqueza con que ella le había hecho la propuesta) lo empujó a ir más allá de los límites de su identidad.

Una tarea titánica, pero no imposible.

24

Con el correr de los meses las cosas se fueron acomodando.

Mariana regresó de Egipto luego de casi seis meses de ausencia, y esto implicó un cambio para todos.

Muriel volvió a conectar sexualmente con Eugene, y a él el alma le volvió al cuerpo. La había extrañado más allá de lo humanamente posible. En un momento llegó a pensar que a pesar de los todos esfuerzos que hiciera por retenerla, la perdería. La veía deslizarse irremediablemente lejos de él. Día a día.

Pero cuando Mariana retornó Eugene recuperó a su mujer.

Luego de sobrevivir a un atentado terrorista su esposa volvió tan desmejorada que Nicolás tuvo que concentrar todas sus energías en su recuperación emocional y física. Esto le llevó casi un año, e implicó cierto distanciamiento de Muriel lo cual benefició su matrimonio, permitiéndole reconstruirlo.

En este contexto llegó la propuesta:

—Te pido que la atiendas mi amor. Tiene síntomas neurológicos muy extraños. Están desesperados. Y si hay alguien en esta ciudad que puede ayudarlos ese eres tú. Yo sé que puede parecerte algo extraño conocer a Nicolás en estas circunstancias. Pero es la prueba viva de que todo lo que te he dicho es cierto. Estoy dispuesta a que lo conozcas, incluso a su mujer. —Con él Muriel habla en inglés. Habla en inglés con Eugene, y en español con Nicolás—. Te confirma que mi vínculo con él no pone en riesgo nuestro matrimonio, ni el de ellos.

Eugene mira a su esposa mientras revuelve su café con leche. Están sentados en el comedor diario que tienen en el departamento del *Upper East*.

Mariana ha vuelto hace un año de Egipto y su salud no ha mejorado, más bien todo lo contrario. Y su deterioro es vertiginoso. Siendo él uno de los mejores neurólogos del país Muriel intenta convencerlo de que ayude a la mujer de su amante.

Siente un profundo amor por Nicolás, y no hay nada que quiera más que ayudarlo. Si esto implicaba gestar este encuentro, estaba dispuesta a intentarlo.

—No sé Muriel... No sé si comprendes la magnitud de lo que me estás pidiendo. ¿Por qué siempre tienes que llevar las cosas a estos límites? ¿No te parece que ya te he dado suficientes pruebas de mi amor? ¿No piensas que tal vez esto es demasiado? Incluso para ellos. ¿Cómo piensas que van a sentirse ellos? ¿Te parece que luego de todo lo que hemos vivido podrían confiar en mí?

—Justamente mi amor. Esta es la posibilidad de que ustedes se conozcan, y que ni tú ni ella queden afuera. Estoy dispuesta a abrir el juego. Que Nico te conozca y comprenda por qué te amo tanto, y jamás te dejaría. Y que tú entiendas hasta qué punto él puede amarme a mí, pero también ama a su esposa. Si él está dispuesto a dejar que tú los ayudes y a poner la salud de su mujer en tus manos, no entiendo por qué tú no puedes intentarlo.

—Ay Muriel. Eres imposible. Realmente. A veces no sé si estás loca, eres una irresponsable sin remedio, o una iluminada. No sé qué pensar.

—No pienses mi amor. Deja que tu corazón te guíe como lo ha hecho hasta ahora, y verás que la respuesta es clara. —Muriel se levanta para dirigirse hacia él y sentarse sobre sus rodillas—. Entiendo que esto pueda parecerte una locura, lo comprendo. —Le acaricia el pecho—. Pero no dejes que los pensamientos y las opiniones de lo que "es debido" influyan en tu decisión. Aquí lo único importante es que seamos sinceros y genuinos con nosotros mismos. Y si luego de considerarlo con tranquilidad decides que no quieres hacerlo yo respetaré y comprenderé tu decisión, y no volveré a pedírtelo. Lo prometo. Sólo quiero que lo consideres.

Eugene suspira.

—Okey. Dame unos días para pensarlo. No puedo asegurarte nada Muriel. No sé si estoy listo para lo que me estás pidiendo, pero lo consideraré.

Una vez más Eugene atravesará los límites de lo imposible.

25

"No puedo creer estar a un paso de conocer al amante de mi mujer, en mi propio consultorio, y en estas circunstancias. Es bizarro, rozando lo perverso. ¿Cómo pude dejarme arrastrar hacia semejante locura, por Dios?".

Parado ante al inmenso ventanal de su consultorio Eugene mira sin ver las copas de los árboles que arrasadas por el viento se golpean violentamente entre sí. Refriega sus manos tras la espalda.

"Esto no es ético. ¿Cómo puedo ayudar a alguien profesionalmente en estas condiciones? ¿Por qué estás haciendo esto Eugene, por Dios? Sincérate. Vamos. ¿Es por Muriel? ¿Realmente quieres ayudarla? ¿O quieres ganarte su gratitud y admiración? ¿Estoy queriendo quedar como un héroe para demostrar mi potencia? No puedes bastardear tu profesión de esta manera hombre. No te hiciste médico para esto...".

Gira sobre sus pasos.

Se dirige hacia su escritorio, y apoya una mano sobre su teléfono.

"Todavía estoy a tiempo de cancelar esta locura. No puedo tomar a la esposa del amante de mi esposa como paciente. ¿En qué estaba pensando? Y menos aún por estos motivos. Es un disparate". Duda. "¿Qué hago queriendo usufructuar con el dolor de esta pobre mujer, que al igual que yo bastante ha de haber sufrido ya? Probablemente por eso se ha enfermado. ¿Sólo para sacarme la curiosidad malsana de conocer a mi enemigo? Medir fuerzas con él. Mostrarle mi poder... ¿Es eso lo que estoy buscando? Es una brutalidad".

Mira su reloj pulsera y suelta el teléfono. Se sienta.

"Ya es tarde, deben estar por llegar. No dan los tiempos para anular la cita. Tendría que inventar una excusa lo suficientemente convincente... Pero hacerla venir hasta aquí con el resultado de los estudios que mandé a hacer y luego no atenderla no sería justo. Sería jugar con su ansiedad, y está enferma. Desde el momento en que indiqué esos estudios la acepté como paciente. Ahora no puedo abandonarla a mitad de camino. No sería correcto. ¿Y si estoy queriendo ayudarla por los motivos equivocados? ¿Si quiero evitar que se deteriore sólo para mantener alejado a su esposo de la mía? ¿Qué hay de noble en esa intención, Doctor? Recuerda, lo importante son las intenciones con que hacemos las cosas. ¿Cuáles son sinceramente tus intenciones? No te mientas".

Eugene es un hombre íntegro. Dispuesto a mirarse a sí mismo y hacerse cargo de lo que ve.

A esta altura de su vida ha aprendido que las hipótesis que uno va tejiendo sobre sí mismo sólo pueden confirmarse en los hechos, a través de las vivencias experimentadas en los vínculos. El distorsionado espejo de nuestros aciertos y miserias.

Por eso antes de lanzarse al vacío ejercita el sano hábito de formularse estas preguntas. Aunque no tenga las respuestas.

26

Ingresan a su consultorio tomados de las manos.

Parecen una pareja más. Una de las tantas que ha atendido a lo largo de los años. Inquietos. Nerviosos. Asustados.

Ni bien Eugene abre la puerta lo invaden sensaciones que lo toman por sorpresa. Las sensaciones son agradables.

Si no supiera quienes son diría que son una pareja despareja, pero bonita.

Él es más joven de lo que suponía.

Ella más vieja.

Si no supiera quiénes son, pensaría: "¿Qué hombre tan joven y bien parecido se mantendría junto con una mujer tanto más grande que él, cuidándola con semejante devoción...? Sólo un hombre especial, sin lugar a dudas. Y ella también ha de ser muy especial para haber despertado semejante lealtad...".

Si no supiera quienes son sentiría una natural empatía.

Pero lo sabe, y no puede evitar imaginar a este hombre en la cama con su mujer. Le cuesta creer que este sea el mismo personaje con quien ella se acuesta impunemente hace casi dos años. En sus narices. Con quien ha pasado las fiestas, compartido viajes, confidencias, caricias. El desconocido por culpa del cual se volvió casi una extraña.

Finalmente tiene a su rival delante suyo. Y para colmo de males es apuesto, veinte años más joven, y artista. Aunque no se anime a confesárselo más de una vez ha deseado verlo muerto.

Sin embargo conociéndolo personalmente y viendo la franqueza y el respeto con el cual le ha extendido la mano no puede evitar sentir más que simpatía.

La entrevista transcurre con la tormenta como telón de fondo y un millón de mensajes subliminales cruzados, en todas las direcciones.

Miradas, espasmos de incomodidad y desconfianza, sonrisas amables, dudas. Temores compartidos y rectificaciones de rumbo.

Esperanza. Confusión. Miedo.

Un millón de estímulos, imposibles de procesar al mismo tiempo.

Luego Nicolás se quiebra ante el resultado de los estudios, y se larga a llorar como un niño. Mariana reacciona con una fortaleza inesperada, y lo consuela susurrándole palabras tiernas al oído. Lo acaricia.

Eugene se retira sigilosamente, dejándolos a solas para procesar las noticias.

En menos de media hora se han vuelto un equipo.

27

Nicolás y Muriel caminan por Central Park.

Él está tenso, fastidioso.

Ella lo escucha intentando mantener la calma.

—Eugene ha sido muy generoso y dedicado Muriel, pero la medicina tradicional ya no puede hacer nada por Mariana, evidentemente. Ha pasado casi un año y no avanzamos ni un centímetro. Todo lo contrario, cada vez está peor. —Arrastra los pies mientras habla—. Y ella no quiere defraudar a tu marido. Se niega a hacerse más estudios, pero no se anima a decírselo. Me dijo que nadie mejor que vos para que intercedas y se le expliques. Ni yo, ni ella. Cree que lo mejor es que lo expliques vos. Me pidió que te lo pida.

—Está bien, por supuesto. La entiendo. Y lo lamento muchísimo Nico. No imaginas cuánto. Pero la comprendo perfectamente, y la apoyo. Dícelo de mi parte. Yo me ocupo de Eugene. Lo último que faltaba es que con lo angustiada que está encima deba andar preocupándose por no herir susceptibilidades ajenas. Faltaba más.

—Gracias...

Se sientan sobre un banco bajo un árbol. Él cruza los brazos sobre su pecho y ella cruza las piernas intentando descifrar qué diablos le pasa.

—Quién hubiera dicho cuando nos conocimos en aquella exposición hace tres años que terminaríamos vinculándonos así los cuatro ¿no? Es increíble. Eugene terminó siendo fundamental para mi mujer. Y vos para mí. No sé qué hubiera hecho sin vos estos años. —Nicolás baja la mirada posándola en el suelo—. Estoy tan triste Muriel. Tan triste... Es muy doloroso verla sufrir así a Mariana sin poder hacer nada para ayudarla. Además, no te imaginás la impotencia y la bronca que tengo...

—Sí, te entiendo. Debe ser muy duro... Durísimo.— Hace un prolongado silencio y luego agrega: ¿Y puedo preguntarte qué te tiene tan enojado? Porque por momentos pareces estar enojado conmigo, aunque no lo digas...

—Sí. Es verdad. Un poco enojado estoy, pero no con vos che... Con nosotros. No puedo evitar pensar que Mariana se enfermó por culpa nuestra.

Muriel traga. No sabe si desea continuar con esta charla. Teme que Nicolás diga cosas que los lastimen para siempre.

—¿Eso es lo que te enoja? Entiendo que estés enojado con la enfermedad, con la vida... ¿Pero por qué con nosotros?

—Porque su enfermedad es resultado de lo nuestro. Estoy enojado conmigo, con nosotros. Con ella, por haberse tomado las cosas de esta manera... —Levanta la mirada fijando los ojos en ella—. Mariana no estaba lista para vivir lo que le propusimos Valki. Sucedió. No fue culpa de nadie, racionalmente lo sé. Pero yo no medí las consecuencias y ahora no puedo evitar sentirme culpable y enojado con nosotros por lo que pasó. Creímos que lo podríamos manejar, pero acá están los resultados. Fuimos omnipotentes, o ingenuos... No lo sé...

Muriel calla y suspira. Aunque le duela lo que está escuchando, sabe que él necesita decirlo. Descargar su bronca. Así que respira profundo diciéndose a sí misma una y otra vez: "No es personal Muriel. No lo tomes como algo personal. No es contra ti. Esto no se trata de ti, se trata de él. Está teniendo la valentía de ser sincero contigo, no te está atacando. No te defiendas...".

—No quiero que tomes esto de manera personal Valki, porque no lo es. Simplemente necesito decirlo. Escucharme decirlo en voz alta. Exorcizar estos fantasmas. Y si hay alguien en este mundo con quien sé que puedo hacerlo es con vos. Mi amante, mi amiga, mi confidente, todo. El ser más sabio e íntegro que conocí en mi vida. Vos tenés una fortaleza y una sabiduría que jamás conocí en nadie. Y si no puedo hablarlo con vos ¿con quién? No te estoy echando la culpa de nada. Eso lo entendés ¿no?

—Sí. Lo entiendo. Y pienso lo mismo. Que Mariana no pudo soportar lo nuestro. Pero también pienso que hay razones más profundas en su enfermedad que nunca llegaremos a comprender. Como todo en la vida Nico. Creemos que comprendemos los motivos de las cosas que nos pasan, pero no es así. Nunca hay un sólo factor, y las raíces que alimentan lo que somos y lo que nos pasa son insondables. Vos lo sabes mejor que nadie. Yo hace mucho tiempo que he renunciado a comprender o emitir juicios respecto a lo que me sucede. Simplemente intento aceptarlo. Y agradecerlo. Y encontrar qué sentido tiene en mi vida. Sólo eso. No sé por qué se enfermó Mariana. Pero sí sé que nuestros destinos tenían que cruzarse. El tuyo, el mío, el de nosotras. Aunque no lo entienda, lo intuyo. Incluso tú con Eugene, y Eugene con ella. Hicimos lo que pudimos, y hemos hecho mucho. Yo estoy orgullosa de Eugene y de ti. De mí y de Mariana. No seremos perfectos, pero intentamos aceptarnos y respetarnos, superar nuestros egos. Ser sinceros con nosotros mismos.

Nicolás la escucha en silencio. Parece tranquilizarse.

—Una sola cosa quiero preguntarte mi vida —dice ella.

—Sí. Lo que quieras.

—¿Te arrepientes? ¿Te arrepientes de lo nuestro?

—No —responde él de inmediato—. En lo más mínimo. No me arrepiento de nada, y volvería a vivir cada segundo con vos Muriel. Me enoja el resultado, me duele. Pero volvería a hacerlo. No renunciaría a vos. Ni ayer, ni mañana, ni nunca.

Muriel suspira profundamente y sacudiendo los hombros agrega:

—No hablemos más Nico, por Dios. Hagamos el amor. Sácame de esta plaza y llévame a algún lado adonde podamos estar cerca de nuevo, aunque sea por un rato. Te extraño. Necesito tu cuerpo.

Nicolás la mira. Sonríe. Se levanta y plantándose con decisión le tiende una mano.

—Sos incorregible Valki. Y comprensiva. Y sabia. Además de rabiosamente linda, infernalmente sexi. La puta que tenés la capacidad de exorcizar cualquier demonio che. Sos la combinación perfecta para mí. Te amo.

Muriel sonríe y tomándolo de la mano se levanta.

—Yo también te amo. Vamos, no hablemos más. Necesitamos reencontrarnos en la cama. Te va a hacer bien, lo necesitas. Y yo también.

QUINTA PARTE

Las alas del cóndor

1

Cuando la conciencia de Mariana comenzó a extinguirse definitivamente Nicolás decidió llevarla de vuelta a la Argentina. Se le había metido en la cabeza que recuperando los olores y las texturas de su infancia podría encontrar el camino de regreso.

Pero esto no sucedió.

Todo lo contrario, retornar a su tierra natal generó un efecto paradojal en ella. Se entregó a su estado como lo haría un niño con su madre: dejándose mecer apaciblemente. Con los brazos abiertos y los ojos cerrados.

El proceso duró años.

2

Al arribar a Buenos Aires Nicolás compró una antigua casona en San Fernando y convenció a Irene para que lo ayudara a diseñar un jardín que pudiera estimular los sentidos de su mujer. Por aquel entonces ella vivía en París desempeñándose como la mujer del embajador, pero atendiendo a su pedido viajó de inmediato.

Con el paso del tiempo el jardín creció para transformarse en un vergel. Lleno de frutales, rosas y pájaros, multiplicó sus frutos irradiando belleza y vitalidad por todo el barrio.

Fueron años de silencio y espera.

Cada tanto Nicolás hacía viajes cortos a Nueva York para reencontrarse con Muriel. Necesitaba respirar bocanadas de aire fresco, y esos viajes lo renovaban.

Delfina, una sobrina de Irene que se había casado con un chileno y vivía en Santiago le recomendó una empleada chilena que se llamaba Panchita. Ella sería quien terminaría cuidando de Mariana. En pocos meses transformó la casa en un hogar. Cuidó de él, de Mariana y del jardín.

Panchita amaba las plantas, y tenía prácticamente la misma edad que Mariana cuando cruzó la Cordillera para trabajar con sus nuevos patrones. Viajó con su nieto de cinco años, el Panchito.

En realidad Francisco era su hijo adoptivo, pero no quería que nadie se enterara, ni siquiera él. Su madre biológica había sido una joven que alojó en su casa estando embarazada, y cuando su hijo tenía cuatro años se suicidó dejándolo a su cuidado. Lo último que quería era que él conociera la verdad. Decidida a que se sintiera amado desde un comienzo le hizo creer que ella era su abuela, y que su madre había muerto en un desafortunado accidente. Su padre vivía lejos, y por eso no podía verlo.

Cuando pasó el tiempo y el niño creció comprendió que iba a ser imposible acallar a todo el pueblo, así que aceptó la propuesta de su abogada Delfina y se fue a trabajar al país vecino. Su propuesta no podía llegar en mejor momento. Era la oportunidad para empezar de nuevo, lejos de su pasado y de las malas lenguas.

En cuestión de meses se organizó y viajó a la Argentina. Ya había escapado tantas veces en su vida, que podía hacerlo una vez más. Por su hijo estaba dispuesta a todo.

3

Mariana murió en brazos del Panchito.

Luego de vivir años sumergida en un letargo profundo, despertó de pronto y confundiéndolo con Nicolás se despidió de su marido en brazos del joven.

Él tenía apenas doce años. Había salido al jardín con la intención de seducir a su vecinita Valentina cuando su patrona (a quien cuidaba después de la siesta) despertó, y confundiéndolo con su esposo comenzó a hablarle.

Panchito se asustó porque jamás había visto a la señora Mariana despierta, mucho menos hablando. Decía incoherencias y quería besarlo. Luego de dudar y barajar distintas opciones decidió entregarse a la situación y hacerse pasar por Nicolás. Total, cuando Nico volviera de hacer las compras se enteraría que ella había despertado y le aclararía la situación él mismo. Mientras tanto debía seguirle la corriente, besarla de ser necesario. Era un acto piadoso. Su patrona se perturbaba demasiado cada vez que él intentaba aclararle la situación.

Así que lo hizo. La besó. Se inició sexualmente besando en la boca a una anciana de setenta años, que lejos estaba de ser su atractiva vecinita Valentina.

Juntó valor, cerró los ojos, y se lanzó. Y un mar de sensaciones invadió su cuerpo.

Dos viejos amantes, reencontrándose después de siglos.

4

Después de la muerte de Mariana, Nicolás decidió alquilar la casa en San Fernando para volver a vivir a Nueva York con la Pancha y el Panchito.

La convivencia con Francisca y su nieto hicieron aflorar en él sentimientos que hasta ése momento eran desconocidos. La sensibilidad del niño, sumado a su natural talento para la música lo impulsaron a convertirse primero en su padrino artístico, y luego en su padre adoptivo.

De esta manera, sin proponérselo, Panchito se volvió su futuro.

5

Durante los meses previos a su regreso a Nueva York Nicolás produjo sus mejores obras. Creativamente fue una etapa muy fructífera, y eso lo ayudó a transmutar su dolor.

Ese mismo invierno logró convencer a la Pancha de que los acompañara a conocer su departamento en Nueva York para evaluar si podría habituarse a vivir allí. La decisión de volver a vivir a Estados Unidos estaba tomada.

A través de Muriel consiguió un contacto para que el Panchito audicionara en una de las mejores Escuelas de Artes del Estado, la Juilliard. Si bien entendía que era una enorme oportunidad para él, no quería separarlo de su madre. Tenía que convencerla.

Panchita dudó, se resistió, sufrió, pero finalmente terminó aceptando la propuesta. Sabía que era una gran oportunidad para su hijo, una oportunidad que no iba a volver a repetirse. Viajaron para presentarse a la audición y para constatar si podrían adaptarse a vivir en la gran ciudad.

Si todo salía según lo previsto, en menos de un año estarían viviendo allí.

6

Mientras esperan la llegada de Muriel, Nicolás y Panchito escuchan música recostados sobre el mullido sillón del departamento en Nueva York.

La idea es que ella sea la madrina artística del Panchito, así que la invitaron a comer para que se conozcan.

Panchita se esmera en la cocina. Su intención es deslumbrar a la visita con una de sus especialidades, el caldillo de congrio. Nunca logró entender el vínculo del señor Nicolás con esta señora de la cual tanto había oído hablar, y a la cual sin conocer ya odiaba.

Podía ver a su hijo deslizándose vertiginosamente hacia una vida en la cual ella no encajaba, ni deseaba encajar. Todo lo que pudiera alejarla aún más de él era para ella una amenaza, y esta mujer era indudablemente el enemigo.

Suena el timbre.

Nerviosa y expectante se limpia las manos en el delantal y corre a abrir la puerta.

7

Muriel avanza por el pasillo pensando en las similitudes entre Francisca y Eufrocina. O Fortunata, o Tita.

Ellas fueron las mujeres más importantes en su vida, los referentes a los que se aferró para sobrevivir, y la salvaron. Sonríe al recordarlas.

—Francisca, me ha contado el señor Nicolás que usted prepara un caldillo de congrio que es un manjar. A ver si algún día intercambiamos recetas ¿Vale? A mí también me gusta mucho el arte culinario, sabe. —Le dice en tono afectuoso—. Porque la cocina es un arte como cualquier otro. ¿No le parece?

—Claro. Cuando usted lo disponga señora —responde Pancha, educada y parca—. "Antes muerta que darle mi receta a esta mujer", piensa. "No la dejaré poner un pie en mi cocina, ni muerta".

Muriel nota su animosidad pero no se desanima. Comprende que la vea como a una gringa más. Alguien que no sabe nada de su cultura y simula interés, pero en realidad le importa un comino. Como su madre, como tantos de su estirpe. ¿Cómo culparla? Ella había visto y sufrido en carne propia los desprecios que padeció Tita cuando era pequeña, y comprendía perfectamente la desconfianza en la mirada de Panchita.

"Ya me conocerá y descubrirá quién soy. No voy a forzarla. Necesita tiempo, es comprensible. Ella no puede imaginar la oleada de amor y recuerdos que su sola presencia evoca en mí. Cómo imaginarlo...".

8

Si la conmovió conocer a Francisca, nada se iguala a lo que siente al ver al Panchito. Ni bien posa sus ojos sobre él lo reconoce, al instante.

Él es el joven que cuarenta años atrás Eufrocina le mostró en sus visiones alentándola a vivir.

Palideciendo, se lleva las manos a la boca.

—¿Estás bien Valki? ¿Qué te pasa? Estás pálida.

Muriel zarandea la cabeza de un lado al otro mascullando frases inconexas. Sus ojos están húmedos.

—Es que no lo puedo creer... No puedo creerlo... Es él... Pensé que ya no lo encontraría, pero es él...

—¿Qué decís? ¿De qué hablás? Me estás asustando che. ¿Te fumaste algo? —le pregunta Nicolás al oído mientras la besa en la mejilla— . No me lo asustes al Panchito boluda... ¿Qué va pensar de su madrina?

—Perdón. Perdóname. Es que Panchito me ha recordado mucho a alguien que conocí hace muchos años, y estoy impactada. Eso es todo... —Muriel se acerca intentando recuperar la compostura —. Hola Panchito. Nicolás me ha hablado muchísimo de ti. Parece ser que eres un joven muy talentoso. Y apuesto, por lo que veo. Es un placer conocerte.

Le da un beso en la mejilla y al hacerlo cierra los ojos. La idea de que su hijo rubio como el sol haya vuelto a su vida en el cuerpo de un joven andino la conmueve profundamente. Sonríe.

La ironía es que haya llegado a ella a través de Nico.
Una belleza. Una obra de arte, perfecta y circular.

<hr>

9

A la mañana siguiente Muriel y Nicolás hablan por teléfono.

—¿Viste lo encantador que es? —dice Nico mientras saca el café del microondas.

—Adorable.

—Y talentoso. Pero lo más importante, buena persona. Buenísimo. No sabés lo sensible que es.

Muriel sonríe, acaba de despertarse y se despereza sobre la cama. Está sola porque Eugene se fue a un congreso en Chicago.

—Ay Nico. Nunca creí que algún día iba a verte así. Un padre orgulloso. Es muy enternecedor... Me alegro tanto por ti, de veras. Y por él. No te imaginas cuánto...

—¿Viste? Gracias. La verdad es que estoy encantado. De hecho estoy viendo cómo convencerla a Panchita para adoptarlo legalmente. No quiero tener problemas el día de mañana, y quiero asegurarme de que quede protegido si a mí me pasa algo. —Camina en dirección a su cuarto.

Muriel se emociona. La belleza del entramado es sublime. Siente un profundo amor por Nicolás, por Panchito, y por el misterio que los une.

—Me parece maravilloso Nico. Una sabia y noble decisión. Panchito es un afortunado, un bendecido. No hay duda—. Sonríe.

—Che Valki...una pregunta: ¿qué carajo te pasó anoche? Cuando llegaste estabas rarísima...

—Sí. Ya sé... Bueno Nico, mirá, si hay alguien que puede comprenderme ese eres tú, así que voy a contártelo. Pero te lo suplico, por favor, no pienses que estoy loca. Es extraño lo que voy por contarte, lo sé. Muy extraño. Pero te aseguro que no estoy loca.

—Cuántos preámbulos, por Dios... Me estás preocupando. ¡Qué estarás por contarme! Bueno, soy todo oídos.

—Me parece que tal vez sea mejor contártelo personalmente...

—¡Ah no! ¡Eso no! ¿Me estás pateando el cuento para más adelante? No me podés dejar con esta intriga ahora. ¡Decímelo ya, por Dios! –Camina con el café en la mano hacia su cuarto.

Muriel duda. Se lleva una mano hacia la frente para pensar con claridad. Luego se acomoda contra el borde de la cama.

—Okey, la verdad es que yo tampoco puedo esperar. Me salgo de la vaina por contártelo, así que ahí va... ¿Recuerdas mis experiencias en Tilcara?

—Sí... —Nicolás comienza a asociar rápidamente: "Tilcara. Pueblo andino. Panchito sin dudas tiene rasgos andinos. Dijo que le recordaba a alguien del pasado... ¿Tal vez un chico de cuando vivió allí?".

—Luego de perder a Santiago y a mi hijo yo no quería vivir más. Dejé de comer. Así estuve durante días, y así hubiera seguido hasta dejarme morir si Eufrocina no hubiera intervenido.

—Sí... —Luego de acomodar su café sobre una mesa ratona Nicolás se sienta sobre un sillón junto a su cama. El día es soleado, y el sol que entra por la ventana le da en la cara. Cierra los ojos para escuchar con atención plena.

—Eufrocina era una mujer muy especial sabes, una de esas personas de visión que existen desde el comienzo de los tiempos. Ella se dio cuenta de lo que me estaba pasando y decidió rescatarme. O se lo indicaron, no lo sé. Lo que sé con certeza es que ese día me llevó a vivir una de las experiencias más fuertes que tuve en mi vida. Me ayudó a salir del ensimismamiento de mi dolor, y a despertar. —Ya sentada en el borde de la cama Muriel se acomoda en posición india acariciándose las plantas de los pies—. Todas mis experiencias en Tilcara fueron trascendentes y maravillosas. Perturbadoras y mágicas. Aún hoy, tantos años después, sigo procesando en el cuerpo y en el alma la información que me trajeron.

—¿Y cuál de esas experiencias tiene que ver con Panchito? ¿De qué manera? No llego a entender a dónde vas.

Nicolás está tan perdido que deja de tejer conjeturas. Decide preguntar y abrir su corazón para recibir la respuesta. Intuye que esta será la única manera de entenderla.

—Yo estaba enojada y descreída sabes. La vida se había vaciado de sentido. Mi sensación era que estaba suspendida en el vacío y la oscuridad, sin esperanza. Lo único que me quedaba era dormir y no despertar más.

—Conozco esa sensación...

—Entonces llegó Eufrocina. Yo escuchaba sus argumentos como a través de un velo negro, sin expectativas. Me conmovían sus intentos por rescatarme, pero no eran suficientes para moverme ni un ápice de donde estaba. Ni un poquito. Pero luego sucedió algo que fue como un baldazo de agua fría. Que digo un baldazo... Un alud de baldazos. Imposible no despertar.

—¿Qué pasó?

—Puso su mano sobre mi entrecejo y en menos de un segundo mi conciencia se desprendió de mi cuerpo. Vislumbré chispazos del futuro. En realidad uno de mis posibles futuros. Como si fuera la hebra de un complejo tapiz en el cual la urdimbre de posibilidades entreteje esas hebras con una sabiduría y armonía perfectas. Comprendí que tenía todas las posibilidades ante mí, y que debía elegir una. Morir... Sobrevivir cargando el dolor y el resentimiento a cuestas... O despertar. Si decidía despertar Alétheia me estaría esperando del otro lado, a sólo un paso. No puedo comenzar a describirte lo que experimenté Nico. Ni todas las obras de arte juntas, ni todos los poetas del mundo podrían describirlo. No existe un lenguaje para eso.

Nico sonríe.

—Sí...Claro que lo sé Valki. Por eso nos encontramos.

—No sé por qué nos encontramos. Si hay algo que he aprendido es que todas las hipótesis que podamos tejer sobre lo que nos sucede son infinitesimales respecto a la verdad que se esconde detrás. El misterio es insondable. Nuestras mentes son muy pequeñas para captar ese misterio Nico. Es demasiada información para nuestros pequeños cerebritos que no sabemos cómo usar. Supongo que ese es el problema, que no sabemos cómo usarlo. Tal vez algún día como especie aprendamos... Bueno, justamente tú naciste con ese talento y luego lo perdiste. Evidentemente es muy difícil de sostener...

—Si me hubieran habilitado tal vez lo hubiera conservado... Quién sabe ¿no? Sin duda mis padres no supieron qué hacer, estaban aterrados pobres. Pero gracias a Dios el arte me salvó.

—Sí. El arte, la música. Los sueños... Parece que por ahora son los únicos vehículos que tenemos. —Mientras se acaricia una pierna sonríe—. Por suerte te salvaste. Volviendo a mis experiencias en Tilcara... Yo era muy joven entonces, y no quería vivir más. Pero cuando Eufrocina me ayudó a despertar permitiéndome echarle un vistazo a uno de mis futuros pude vislumbrar que si elegía vivir volvería a encontrarme con Tomás, mi hijo. Y eso me impulsó a mantenerme viva. Me mostró otras imágenes que no conservé... Pero la visión que quedó grabada a fuego en mi memoria es la de Tomás volviendo a mí en el cuerpo de un adolescente. Y ese adolescente es Panchito, Nico. —Muriel interrumpe el relato llevándose una mano hacia la boca para impedir el llanto.

—¿Estás bien Muriel? Es un disparate estar teniendo esta conversación por teléfono, tenías razón. ¿Estás bien? —Nicolás abre los ojos, inquieto.

—*Yes my darling*. Estoy bien. Emocionada, nada más. Necesito que entiendas que no estoy loca. Que esto que te digo no es el delirio febril de una madre atormentada buscando a su hijo en cualquier lado. Pasaron casi cuarenta años Nico. Créeme, es un tema más que superado para mí. Por eso me ha tomado tan por sorpresa. Hace años que dejé de buscarlo. Al principio lo buscaba en todos lados, imagínate. Fue la zanahoria que me pusieron para impulsarme a salir de esa cama. Y cuando lo hice la recompensa resultó infinitamente más grande que el reencuentro con mi hijo. Terminé reencontrándome a mí misma. Imagínate. Es como comparar una gota de agua de mar con el mismísimo mar. Una inconmensurable diferencia.

—Mirá que me han pasado cosas en la vida Muriel. Pero nada, absolutamente nada supera lo que me estás contando. Nada. No sé qué decirte. Sólo que no creo que estés loca, por supuesto. Y que no dudo un segundo que lo que me estás contando sea cierto.

—Entonces no digas más nada mi vida. Sólo resta que yo te diga una cosa: no podría haber soñado un mejor padre para este hijo. Gracias. —Cierra los ojos aferrándose al teléfono— . Gracias a ti, y al cosmos... Finalmente lo he encontrado. A la vejez viruela.

10

Menos de una semana después Francisca muere. La muerte la sorprende preparando un *lemon pie* en la cocina.

Esa misma mañana Nicolás le había anunciado su intención de adoptar legalmente a Francisco, y ella había estado de acuerdo. Desafortunadamente el joven nunca llegó a escuchar el consentimiento de su boca, ya que murió unas horas después.

Cuando la Pancha comprendió que su hijo estaba listo para iniciar una nueva vida en la cual su presencia podía representarle un estorbo (nunca podría adaptarse a esta vida) decidió partir, dejándole el camino libre.

El infarto la sorprendió batiendo las claras de huevo para el merengue.

11

Los años siguientes resultan más alegres.

Panchito ingresa en la Juilliard *School of Arts*, y luego de un año viviendo en Nueva York se olvida de Valentina, su primer amor.

Para curarse del dolor que le provocaron su ausencia y la de su madre decide que lo mejor que podía hacer era dedicarse a su otra gran pasión: la música.

Lo logra.

Dedicado y generoso, Nicolás lo estimula en sus estudios y lo lleva a recorrer el mundo. Viajan por Europa, Indonesia y Australia. En una ocasión viajan a Cusco con Muriel.

Muriel se transforma no sólo en su madrina artística, sino en una suerte de tía postiza. Lo incorpora a la familia que formó con Eugene (de quien nunca se separa) incluyéndolo en los programas familiares y fomentando una suerte de hermandad con Helen, quien también terminó dedicándose a la música.

La relación entre Muriel y Nico pasa por todos los estadios posibles. El fuego de la pasión es reemplazado por la afinidad creativa. Lo estético, lo ideológico y lo sagrado terminan uniéndolos más que el sexo.

Si bien Nicolás tiene otras amantes, siempre termina volviendo a los brazos de Muriel. Y si bien ella nunca deja a Eugene, siempre tiene un lugar para él en su vida y en su cama.

Al comprender que esta unión es inquebrantable Eugene deja de esperar que lo deje. Se adapta a la situación, dándole libertad para ir y venir.

La única condición es que Nicolás se mantenga a una distancia prudencial de su familia. Ha aprendido a aceptar y respetar a su enemigo, pero lejos de casa.

12

El diecinueve de agosto del dos mil diez y nueve, a las dos y media de la madrugada Nicolás muere de un infarto.

Se va a dormir temprano, pero no vuelve a despertar.

Luego de tomar el desayuno Panchito entra en su cuarto para saludarlo como de costumbre, pero al verlo dormir tan plácidamente decide no molestarlo. "Con qué estará soñando para verse tan feliz, mejor no lo jodo. Que siga durmiendo un ratito más…". Y cierra la puerta despacio para no hacer ruido.

Al regresar por la noche y encontrarlo exactamente en la misma posición comprende lo que está sucediendo. Aterrado, llama a Muriel.

Al escuchar la noticia a ella se le afloja el cuerpo y el vaso que tenía en la mano se le cae al piso, rompiéndose en mil pedazos.

13

El entierro es en Buenos Aires.

Luego de cremarlo, Muriel y Panchito viajan a la Argentina para esparcir las cenizas de Nico junto a las de Mariana, a orillas del Río de la Plata. Alguna vez Panchito le había escuchado decir que su última voluntad era descansar junto a ella, pero nunca pensaron que sería tan pronto.

Cuando Muriel se enteró no lo dudó un instante. En el primer vuelo disponible partieron rumbo a Buenos Aires.

Como Panchito tiene diecisiete años y quedó a su cargo hasta que cumpla la mayoría de edad, vivirá con ella y con Eugene. Todavía era muy joven para vivir solo en el enorme departamento del Soho. Luego verían qué hacer.

Cruces y bifurcaciones.

Retornos imprevistos.

14

Luego de tirar las cenizas al río Muriel y Panchito se dedican a recorrer Buenos Aires rememorando viejas anécdotas.

Panchito la lleva a conocer su casa en San Fernando, y Muriel se maravilla ante los murales pintados por Nicolás. Caminan por la calle Amado Nervo hasta la plaza, allí le dejan unas flores a la Pancha junto a la Ermita de la Virgen de Schoenstatt. Luego tocan el timbre en lo de los antiguos vecinos para preguntar por Valentina, y para sorpresa de ambos los atiende un desconocido.

—Se mudaron al centro hace unos años, pero si quieren puedo darles el número del celular de la madre. —les dice el nuevo propietario. Panchito anota el número. Está decidido a llamarla. Quiere invitarla a que vaya a visitarlo a Nueva York. Después de que ella se puso de novia con otro perdieron el contacto, "pero quién sabe, tal vez cortó y ahora que soy más grande me da bola. Yo me mando... ¿Qué puedo perder? Podría vivir con su vieja en el depto del Soho mientras yo me quedo en lo de Muriel".

Muriel por su lado lo lleva a recorrer Barrio Norte. Le muestra la capilla del Hospital Rivadavia adonde Blas la rescató. Lo lleva a pasear a Plaza Francia y al Cementerio de la Recoleta. A San Telmo. Al barrio de La Boca.

Los viejos escenarios de su juventud (que guardaba intactos en su memoria) ahora se le revelan distintos. Algunos incluso parecen no existir más. A la luz de la distancia ya nada es igual.

15

Por último viajan a Tilcara.

Antes de regresar a Nueva York Muriel quiere mostrarle a Panchito el pueblo donde cuarenta años atrás se refugió buscando salvar su vida.

Luego de instalarse en un pequeño Hotel Boutique lo primero que hacen es salir a recorrer el pueblo. Pasan frente a la casa de Fortunata, ahora pintada de blanco. Recorren la plaza, las calles de tierra con vista a los cerros. La iglesia, las tiendas de artesanías. Luego se detienen ante la humilde pero digna casa de Eufrocina. A pesar del avance de la modernidad y los negocios, todo está allí.

Impertérrito.

Presente.

Como si el tiempo no hubiera pasado.

Incluso Blas.

16

El reencuentro es en la plaza.

Él camina rápido (está apurado porque necesita conseguir unos flexibles antes de que cierre la ferretería) cuando la ve caminando entre la gente.

Su elegancia nata, su altura y su andar inconfundible lo ayudan a reconocerla de inmediato.

El corazón le da un vuelco en el pecho.

Es Muriel.

Muriel, cuarenta años después.

Muriel, acompañada por un joven andino. Caminando como si nada por la plaza de Tilcara.

Una epifanía. Una aparición, un fantasma.

La reconoce al instante.

17

Con recaudos se acerca hasta ella y tímidamente le pregunta:

—¿Muriel?

Muriel se da vuelta.

La última vez que se vieron ella tenía veintidós años y él treinta y cuatro. Hoy ella tiene sesenta y tres, y él setenta y cinco.

Jamás lo hubiera reconocido si no fuera por su voz.

— ¿Blas...? —Muriel sonríe. Una sonrisa amplia y luminosa. Blas le sonríe de vuelta. Una sonrisa cansada, pero cálida.

—Muriel. No puedo creerlo... ¡Sos vos!

Sin mediar una palabra más se abrazan sumergiéndose en la eternidad de los abrazos fuera del tiempo de los mortales. Panchito los observa intrigado.

Cuando finalmente se separan él pregunta, afectuoso:

—¿Y este guapo jovencito quién es? Si se puede saber...

—Francisco Peñalba. Mi ahijado. —Muriel señala a Francisco con una mano mientras con la otra lo señala a Blas—. Panchito, si yo estoy en este mundo es gracias a este señor. Él salvó mi vida, dos veces. —Y agrega señalándolos alternadamente—. Blas, te presento a Panchito. Panchito, Blas.

Panchito y Blas se dan la mano, y al hacerlo una corriente de simpatía instantánea nace entre los dos.

Muriel los observa.

Jamás sospecharían la catarata de imágenes y asociaciones que se están tejiendo en su cuerpo y en su alma en este instante.

Ni ella podría hacerlo con claridad. Las intuye, pero no logra apresarlas.

Así es que decide dejar que las imágenes se acomoden en su interior como puedan, sin forzarlas.

Y sonríe con satisfacción.

18

El viento danza entre las tumbas.

Muriel y Panchito se bajan de la camioneta que Blas les prestó para recorrer Tilcara y se dirigen hacia el nicho que yace intacto bajo la vieja tipa.

—Hace muchísimos años yo parí un hijo en estas tierras, sabes Panchito. Aquí descansan los restos de Tomás. El destino quiso que naciera y muriera en cuestión de minutos. Probablemente uno sea más hijo de su generación y de su tierra que de sus padres, eso creo yo… —Hace una pausa—. Para mí es un honor traerle estas flores a mi hijo aquí contigo. Un privilegio.

Panchito le sonríe asintiendo con la cabeza.

—El honor es mío Muriel.

—Digo esto porque tú también eres un hijo de esta tierra, sabes. Un hijo de los Andes. Y no es casual que estés aquí conmigo hoy, acompañándome en este ritual sagrado. —Muriel se acerca para acariciarle una mejilla—. Probablemente el destino te trajo hasta aquí para que recuerdes que aunque hoy vives en Nueva York, y te has transformado en un ciudadano del mundo… tus raíces son andinas. Y debes estar orgulloso de ellas. Luego están las raíces que van más allá de nuestra identidad ancestral, por supuesto. Esas que tienen anclaje en el cielo. Pero esa es otra historia…

Lentamente Muriel se acerca hasta el nicho para apoyar sobre él un modesto ramo de flores. Respetuosamente limpia la placa de la familia, y se da vuelta para seguir hablando.

—En estas tierras yo no sólo parí y enterré un hijo, sabes. También me parí a mí misma como hija del cielo. Y si logré hacerlo fue gracias a la medicina sagrada de un pueblo que se conserva en un estado de comunión con la tierra de una manera que mi linaje ha olvidado. Si bien mis raíces son celtas, como tú bien sabes, fui criada por Tita que era peruana. Otra hija de los Andes. Ella me inició desde pequeña en la conciencia de que el color de la piel y la raza a la cual pertenecemos genera divisiones arbitrarias y absurdas. Que el amor trasciende las ideologías, y que somos todos tan distintos como parecidos. Luego aparecieron Fortunata y Eufrocina. Y Nicolás, y tú. Todos con las mismas raíces sudamericanas. Vaya uno a saber por qué ¿no? Pero es así. Y ahora aquí estamos nosotros, entre estos cerros, tantos años después... Gracias a Nico.

Panchito la escucha sentado sobre una de las tumbas. Cruza los brazos por encima de sus piernas flexionadas, mientras se frota los antebrazos contra sus rodillas. Cuando escucha el nombre de Nicolás inclina la cabeza escondiéndola entre sus piernas. Se larga a llorar.

Muriel se acerca para sentarse junto a él y lo abraza.

—Panchito, mi amor... Lo extrañas mucho, ¿no? ¿Es eso?

Él asiente con la cabeza y continúa llorando cada vez más desconsoladamente.

Muriel deja a un lado su propio dolor para acompañarlo sin quebrarse, dejándolo llorar tranquilo. Con confianza, sin miedo. Sin buscar argumentos para acallar su sufrimiento.

—Te entiendo Panchito, yo también lo extraño. No imaginas cuánto... —Le frota la espalda—. Es horrible. Horrible. La muerte es misteriosa y horrible. Uno se pregunta, ¿dónde coño está? ¿A dónde carajo se ha ido? ¿Nunca volveré a verlo, de veras? Parece increíble, disparatado. Y para colmo de males no tenemos ninguna certeza de que todo lo que nos han dicho acerca del más allá, y de que vamos a volver a vernos sea cierto.

Francisco deja de llorar para mirarla. Sentirse comprendido lo calma.

—Yo perdí a mi padre cuando tenía siete años, sabes. Y me ha llevado una vida aprender a convivir con su ausencia. No es fácil. No va a ser fácil, no voy a mentirte. Pero eso tú ya lo sabes mejor que nadie. Qué puedo decirte a ti, que en tan pocos años ya has sufrido tantas pérdidas...

—... —Panchito suspira, cansado.

—Sí. Ya sé, no es justo. A ti te ha tocado bailar siempre con la más fea, ¿no? Pero nada es lo que parece mi querido, ya lo comprenderás con los años. En realidad tú eres un bendecido. Cuando la vida te pone a prueba lastimándote de esta manera te está bendiciendo. Está gestando las heridas desde donde se desplegarán tus alas. Y si las dejas crecer, estas alas pueden ser maravillosas.

Los dos hacen silencio para visualizar la imagen.

—Y yo no tengo dudas mi adorable Panchito de que tú tendrás las alas de un cóndor. Crecerán para ser hermosas y amplias. Ya lo son en realidad, pero lo serán aún más. Tú estás destinado a volar alto, muy alto. Puedo verlo.

Panchito seca sus lágrimas.

—Es que yo no quiero volar alto Muriel. Estoy harto. Yo quiero ser como todos.

—Cada uno es como es, y cada uno tiene su lugar en el mundo. Probablemente por eso nos encontramos.

—... —Levanta sus hombros en gesto de incredulidad.

—Una sola cosa más Panchito, y no te fastidio más con mis consejos de vieja sabelotodo. Cada vez que la vida me ha quitado algo, me ha dado algo a cambio sabes. Cada vez que una puerta se cerró en mis narices se abrió otra justito al lado. Hoy yo soy esa puerta para ti. Y te juro, te juro por lo más sagrado que tuve en esta vida, —señala la tumba de su hijo— que no pienso irme hasta que no estés listo para volar como el cóndor que realmente eres. Así me vengan a buscar del mismísimo infierno. Nada ni nadie podrá apartarme de tu lado hasta entonces. Lo prometo. Aquí estoy, firme, como un soldado. —

Se golpea el pecho mientras pisa con fuerza la tierra bajo sus pies. Panchito sonríe enternecido por el entusiasmo con que intenta convencerlo.

A pesar de saber que no puede asegurar nada de lo que ha dicho, Muriel también sabe que jamás ha pronunciado palabras más ciertas y sinceras.

Y que cumplirá, con cada una de ellas.

Hasta el último día.

ÍNDICE

Agustina Lawson nació en Buenos Aires. Sus inicios estuvieron ligados a las búsquedas artísticas: la poesía y la danza. Estudió danzas contemporáneas en el Alvin Ailey American Dance Center, en Nueva York. Luego retornó a la Argentina, y a comienzos de los años noventa incursionó en el área de la salud mental ejerciendo como piscóloga clínica de adultos, actividad que realiza hasta la fecha. Terapeuta con orientación junguiana, se especializa en sueños y ensueños. Astróloga egresada de Casa XI, utiliza la carta natal como una valiosa herramienta en los procesos de autotransformación. Formada como psicodramatista con el Dr. Carlos María Menegazzo, coordina grupos de psicodrama asistiéndolo en sus grupos terapéuticos.

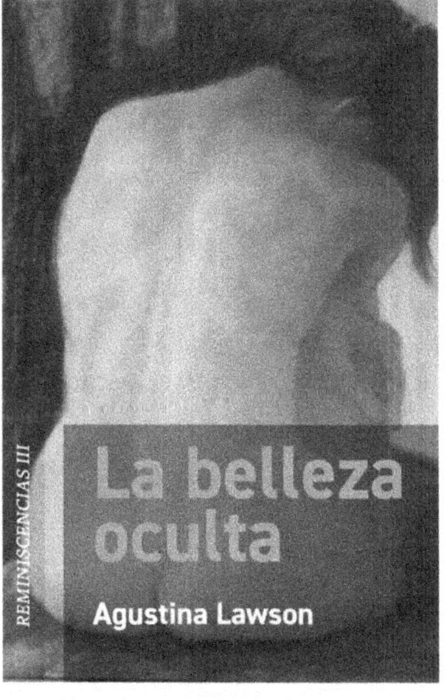